Verlag Voland & Quist, Dresden und Leipzig, 2014

Umschlaggestaltung: Roman Klein, Stuttgart
Gestaltung und Satz: Fred Uhde, Leipzig
Druck und Bindung: C.P.I. Moravia, Czech Republic
Aufnahme, Tonschnitt und Mastering: Audiofenster, Berlin
CD-Produktion: polycopy, Aachen

www.voland-quist.de

VON NICHTS KOMMT WAS

Maik
Martschinkowsky

Voland & Quist

Für sich

Mutterliebe, modern

Mit sorgenvollem Blick
Schaut die Mutter auf den Sohn
Seufzt und denkt geknickt:
Ob der Aufwand sich wohl lohnt?
Am Ende zieht man so was groß
Und dann wird's doch nur arbeitslos

Inhalt

1. Allgemeine Sicherheitshinweise 13
2. Von nichts kommt was 15
3. Knust 19
4. Lillith 25
5. Star-Craft 29
6. Gap The Mind 34
7. Fallmut kommt vor dem Hoch 36
8. Ich muss dann mal los 40
9. Fun Factory 42
10. Das Osterei des Kolumbus 47
11. Was tun 52
12. Integrationshintergrund 55
13. Auf dem Holzweg 59
14. Ich sehe was, was du auch siehst 64
15. Schland 67
16. Die groben Unterschiede 70
17. Von Türen und Toren 75
18. Krieg' den Palast 81
19. Unter dem Kardamond 85
20. Punk is Dad 87
21. High Noon 90
22. Rude Boys 95
23. Chaot demaskiert! 100
24. Unangenehmnesie 104
25. Von einem, der auszog, das Fürchten zu lernen 108
26. Politisch kochen 118
27. Duc de Coeur 121

28. Energiehandel 124
29. Heute Kinder, wird's was geben 130
30. Was kommt von Nichts 135
31. Opilog 138
32. Nichts 142

Vom Verlag nicht gebilligtes Inhaltsverzeichnis

1. Einige Grundbegriffe. Allgemeinheit und Notwendigkeit 13

2. Das Problem des Nichts 15
   2.1 Die sinnliche Gewissheit oder: Das Ding und das Meinen 19
   2.2 Das Für-sich und das Sein der Möglichkeiten 25
   2.3 Die Klippe des Solipsismus 29
      2.3.1 Die Architektonik der reinen Vernunft 34

3. Die Notwendigkeit einer ausdrücklichen Wiederholung der Frage nach dem Sein 36
   3.1 Von der äußersten Grenze aller praktischen Philosophie 40
   3.2 Ironie als beheerschtes Moment 42

4. Auf der Suche nach dem Sein 47
   4.1 Erfindung eines neuen Vergnügens 52

5. Über die Deutung des Inneren aus dem Äußeren 55

6. Heteronomie des Willens als Quell aller unechten Prinzipien der Sittlichkeit 59
   6.1 Der Blick (Das Objekt Wir) 64
   6.2 Die Ideologie überhaupt, namentlich die Deutsche 67

7. Moral und Selbstpraktik 70
7.1 Der Kampf um den Normalarbeitstag 75
7.1.1 Ausschluss sekundärer Weisen des Seins aus der Untersuchung (Was als Drängen vor sich geht) 81
8. Das Phänomen der Verdinglichung 85
8.1 Der grundsätzliche Fehler in der relativistischen Position. Erneute Bekräftigung des Satzes vom Widerspruch. 87

9. Der Sieg über das unglückliche Bewusstsein; Produktion und Distribution 90
9.1 Selbstständigkeit und Unselbstständigkeit des Selbstbewusstseins; Herrschaft und Knechtschaft 95
9.1.1 Zerfall der Materialien 100

10. Von dem Unterschiede analytischer und synthetischer Urteile – Realität als ontologisches Problem 104
10.1 Von der Finsternis 108
10.2 Die Eroberung des Brotes 118
10.2.1 Das Unbehagen in der Kultur 121

11. Bewandtnis und Bedeutsamkeit; die Weltlichkeit der Welt 124

12. Verwechslung des Umgreifenden mit seiner partikularen Objektivierung 130

13. Nichtssagendes Nachspiel 135
13.1 Das geschichtliche Engagement der Philosophie 138
13.2 Von der Freiheit der Untertanen 142

Allgemeine Sicherheitshinweise

Meine Damen und Herren, herzlich willkommen an Bord der kapitalistischen Marktwirtschaft. Wir bitten kurz um Ihre Aufmerksamkeit, um Sie mit den wichtigsten Sicherheitsaspekten unseres Wirtschaftssystems vertraut zu machen.

Achten Sie zunächst darauf, dass Ihr Geld richtig angelegt ist. Belegen Sie hierzu die dafür vorgesehenen Fächer an der Hochschule oder Fachhochschule und schließen diese ordentlich ab.

Wenn Sie über größere Geldpakete verfügen, können Sie diese auch vorübergehend unter einem anderen Wohnsitz verstauen.

Sichern Sie anschließend Ihren Arbeitsplatz. Zum Sichern des Arbeitsplatzes schieben Sie die entsprechenden Abschlüsse in die dafür vorgesehenen Praktika und passen Ihr Profil an. Da jederzeit unerwartet Turbolenzen auftreten können, raten wir Ihnen, Ihren Arbeitsplatz für die gesamte Dauer Ihres Aufenthalts nicht zu verlassen, zumindest jedoch, bis wir unsere geplante Wachstumsprognose erreicht haben. Sie werden durch ein kleines Symbol auf dem Dax darüber informiert, ob Sie weiterhin in diesem Verhältnis bleiben sollten. Zum Entsichern des Arbeitsplatzes genügt ein einfacher Fehlgriff.

Wir bitten Sie, Ihre Mobiltelefone und andere technische Kommunikationsmittel einzuschalten und diese jederzeit eingeschaltet zu lassen, um Ihre Erreichbarkeit zu garantieren.

Bitte beachten Sie zudem das Privateigentum an Bord unseres Wirtschaftssystems. Nichtbeachtung hat juristische Konsequenzen und wird dementsprechend verfolgt.

Unser Wirtschaftssystem verfügt über verschiedene Ausgänge. Diese befinden sich jeweils am oberen und am unteren Ende des Systems. Die oberen Ausgänge verfügen über bequeme Rücklagenpolster, die im Notfall ein längeres Schwimmen ermöglichen. Bezüglich der jeweiligen Sicherungsmaßnahmen an den unteren Ausstiegen erkundigen Sie sich bitte bei den zur Verfügung stehenden Sachbearbeiterinnen.

Im sehr unwahrscheinlichen Fall eines Druckabfalls im Regierungskabinett fallen automatisch Maskierungen aus den Positionen über Ihnen. Ziehen Sie die Maskierungen ganz zu sich heran und achten Sie darauf, dass Ihre Sicht ganz bedeckt ist. Kümmern Sie sich zunächst immer erst um sich selbst und verweisen dann auf Hilfsbedürftige.

Meine Damen und Herren, abschließend möchten wir Sie mit der Benutzung der Rettungspakete vertraut machen. Die Rettungspakete befinden sich unter Ihnen und sind auf Anraten eines Experten zu übernehmen. Zur Verwendung des Rettungspaketes stülpen Sie dieses über einen Nachbarn und schnallen den Gürtel eng an. Im Falle eines bevorstehenden Ausstiegs ziehen Sie einfach die Auflagen straff, das Rettungspaket bläht sich dann ganz von selbst auf. Nutzen Sie auch die an den Rettungspaketen angebrachten Signalgeber, um von sich abzulenken!

In jedem Fall gilt: Zu Ihrer eigenen Ruhe bleiben Sie in Sicherheit und erheben Sie sich erst, wenn das System zum Stillstand gekommen ist.

Wir wünschen Ihnen einen angenehmen Aufenthalt an Bord und – viel Glück.

Von nichts kommt was

»Nein«, sage ich zu der Frau, die mir gegenübersitzt und ein Klemmbrett auf den übereinandergeschlagenen Beinen liegen hat. Sie ist Mitarbeiterin beim psychologischen Service der Bundesagentur für Arbeit, etwa in meinem Alter, und kommt mir irgendwie bekannt vor. Weshalb, weiß ich aber nicht. Sie fragte mich grade, ob ich wüsste, warum ich hier bin.

Ich hielt es für eine gute Idee, mich vorübergehend Hartz-IV suchend zu melden, und bekam nach meinem zweiten Besuch beim Amt direkt eine ›Einladung‹ zu diesem Gespräch beim psychologischen Service der Arbeitsagentur. Es ist mir vollkommen schleierhaft, warum. Aber der konkrete Sinn seiner Vorgänge gehört ja nun mal zu den am besten gehüteten Geheimnissen des Arbeitsamtes, das so verwirrende Hieroglypheninschriften verfasst wie ein Alchemistenbund, der sein Wissen darüber verbergen will, wie man Gold in Blei verwandelt.

Die Psychologin verschränkt ihre Hände über dem Klemmbrett und lächelt mich freundlich an. »Ihre Sachbearbeiterin, Frau Tüte, hat dieses Gespräch vorgeschlagen. Sie scheint … ich sage mal, zu der Annahme gekommen zu sein, dass Sie, Herr Martschinkowski, sich bezüglich Ihrer allgemeinen Lebenssituation … orientieren sollten. Ich möchte Ihnen dabei helfen, deshalb sind Sie hier. Ist das in Ordnung für Sie?«

»Okay«, sag ich, »klingt äh … interessant.«

Die Frau schaut kurz in eine Ecke, als ginge sie einem Gedanken nach, ordnet ihre Hände auf dem Klemmbrett neu und blickt mich dann wieder an: »Herr Martschinkowski, wie würden Sie Ihre Haltung gegenüber der Agentur für Arbeit beschreiben?«

»Puh!«, sag ich überrascht. »Ehm ... es ist eine staatliche Institution zur Erhaltung und Verwaltung der kapitalistischen Reservearmee, deren grundlegendste Aufgabe in der Bereitstellung von Arbeitskraft im Niedriglohnsektor sowie der Organisation einer ausreichenden Drohkulisse einerseits und der Garantie von Vermittlungspotential hochqualifizierter Kräfte im Bedarfsfall andererseits liegt?«

Die Frau zieht die Stirn in Falten. »Und ... Ihre persönliche Haltung?«

»Hm«, ich überlege kurz, »ich glaube, das ist meine persönliche Haltung.«

Sie nickt. »Gut, dann lassen wir das mal so stehen. Aber ... wo sehen Sie sich?«

»Wie jetzt? Wo?«, frage ich irritiert.

»Genau. Wo. Wo sehen Sie sich in diesem Bild, im Niedriglohnsektor oder im hochqualifizierten Bereich?«

»Äh ...«, sag ich, »so, wie die Dinge stehen: im hochqualifizierten Niedriglohnsektor?«

»Verstehe. Aber, Herr Martschinkowski, die Frage ist doch letztlich: Was wollen Sie?«

»Na ja. Geld. Und Zeit.«

»Sie wollen also einen gut bezahlten Job, der Ihnen aber dennoch genug Raum zur Freizeitgestaltung lässt, sollen wir das erst mal so festhalten?«

»Also, eigentlich würde mir der Raum zur Freizeitgestaltung reichen, aber ich werde das Gefühl nicht los, dass ich dabei nicht um Geld herumkomme«, sag ich.

Die Psychologin nickt abermals. »Sie sagen es ja selbst – auf kurz oder lang werden Sie dieses Geld verdienen müssen. Sie wissen doch, wie es so schön heißt: Von nichts kommt nichts.«

»Ehm ... ich möchte zu diesem Thema eines meiner großen Vorbilder zitieren: Bumm!«

»Was meinen Sie damit?«, fragt die Psychologin. »Welches Vorbild?«

»Na, den Urknall«, sag ich begeistert. »Die endgültige und wissenschaftlich einigermaßen fundierte Widerlegung des Satzes ›Von nichts kommt nichts.‹ Beim Urknall hat das Universum sich quasi wie ein Münchhausensches Kaninchen selbst an den Ohren aus dem nicht vorhandenen Zauberhut gezogen. Ich finde, das war eine der beeindruckendsten Leistungen der Geschichte. Deswegen ist der Urknall ein großes Vorbild für mich. Nichts machen und irgendwann – paff! – alles da.«

»Würden Sie sich als Phlegmatiker bezeichnen?«

»Ist das jetzt eine Diagnose?«

Die Psychologin entwaffnet lächelnd. »Lassen Sie die Diagnose mal meine Sorge sein«, sagt sie. »Ich denke nicht, dass wir in Ihrem Fall überhaupt eine stellen müssen.«

Ich wiege den Kopf hin und her. »Na ja ... ich sag mal, eine gute Diagnose könnte mich ein ganzes Stück weiterbringen.«

Die Frau seufzt. »Ich werde Ihnen keine Berufsunfähigkeit bescheinigen, wenn Sie darauf anspielen. Ehrlich gesagt, glaube ich, wäre es für Sie sogar abträglich, wenn ich Sie aus diesem Gespräch mit irgendeiner Z56er-Diagnose oder so etwas entlasse und Sie dann versuchen, sich darauf auszuruhen.«

»Z56er?«, frag ich. »Klingt nach schnittigem Auto.«

Die Psychologin schüttelt lächelnd den Kopf. »Das ist so ziemlich das Gegenteil von schnittigen Autos. Z56er-Diagnosen betreffen die psychosozialen Probleme mit Bezug auf Berufstätigkeit oder Arbeitslosigkeit.«

»Ah. Und was gibt's da für Modelle?«, frag ich.

Sie mustert mich einige Zeit nachdenklich. Dann sagt sie: »Z56.0 Arbeitslosigkeit, nicht näher bezeichnet. Z56.1 Arbeitsplatzwechsel. Z56.2 Drohender Arbeitsplatzverlust. Z56.3 ...«, sie überlegt, »belastende Einteilung der Arbeitszeit. Z56.4 Unstimmigkeit mit Vorgesetzten oder Arbeitskollegen. Z56.5 Nicht zusagende Arbeit. Z56.6 Andere physische oder psychische Belastung im Zusammenhang mit der Arbeit. Und Z56.7 Sonstige oder nicht näher bezeichnete Probleme mit Bezug auf die Berufstätigkeit.«

»Hab ich alles«, sag ich.

»Sie haben doch studiert, wenn ich das richtig sehe«, übergeht die Psychologin meinen Einwurf, indem sie auf das Klemmbrett schaut.

»Äh ... ja. Schon.«

»Na, da können wir doch anknüpfen. Was haben Sie denn studiert?«

»Philosophie und …«, ich überlege angestrengt, »noch irgendwas.«

»Fällt Ihnen denn nicht etwas ein, was Sie damit machen könnten?«

»Ich könnte ein Buch über Arbeitsvermeidungsstrategien schreiben«, sag ich.

Die Psychologin sieht mich schweigend an.

Ich seufze. »Okay. Versteh schon. Aber darf ich Sie was fragen?«

»Wenn es keine persönliche Frage ist«, sagt sie.

»Wie lange machen Sie diesen Job schon?«

»Das ist eine persönliche Frage, Herr Martschinkowski.«

»Ja, ich weiß«, sage ich entschuldigend, »aber ich hab mich die ganze Zeit gefragt, woher ich Sie kenne. Und da ist mir aufgefallen: Wir haben vor drei Wochen zusammen im Warteraum beim Arbeitsamt gesessen.«

Die Psychologin erstarrt kurz, schaut mich noch einmal nachdenklich an, seufzt dann ihrerseits und legt das Klemmbrett zur Seite. »Ich habe vor zweieinhalb Wochen einen Job als Psychologin hier beim Arbeitsamt bekommen. Und raten Sie was: auf ein Jahr befristet. Wie die meisten, die hier arbeiten. Dann sitze ich wieder da, wo Sie jetzt sitzen. Beziehungsweise bei Frau Tüte, die hat mir diesen Job nämlich vermittelt. Und da Sie ja nun sozusagen meinen Namen erraten konnten, werde ich mich, wenn Sie diesen Raum verlassen haben, selbst in Stücke reißen. Entspricht das in etwa Ihren Vorstellungen?«

»Hm«, sag ich, »irgendwie hätte ich da jetzt was Spannenderes erwartet.«

»Das hier ist das Arbeitsamt, Herr Martschinkowski. Hier passiert nichts Spannendes. Der ganze Betrieb ist wie ein großer Bottich, in dem Gold in Blei verwandelt wird: Die Leute kommen hierher mit Zeit, zum Teil auch mit Talenten und bisweilen mit Ideen. Und wir transmutieren das alles in grauen Alltag. Das wissen Sie doch, Herr Martschinkowski, was soll denn da noch passieren?«

Ich überlege. »Erst mal nichts«, sag ich, »aber irgendwann gibt's einen großen Knall.«

Knust

»… ich bin Künstler, male riesige Bilder auf Rigipsplatten, und zwar mit einem Gemisch aus Kaffee und Kacke, und nenne sie: Der Morgen in mir.«

– Julius Fischer

»Tiktak! Tik. Tak!«

Der Typ vor mir verrenkt wild den Oberkörper und beißt sich mit irrem Blick in die Hand. Dann schreit er wieder: »Tiktak! Tik. Tak!«

Vorsichtig nippe ich an meinem Sektglas und bewege mich mit einem dezenten Seitwärtsschritt – seitwärts. Überall um mich herum liegen und stehen Leute in seltsamen Kostümen, die komische Geräusche machen oder mit grotesken Verrenkungen Phrasen vor sich hin murmeln. Beziehungsweise schreien. Dazwischen flanieren Menschen mit Sektgläsern und schauen dem Treiben interessiert zu.

Ich befinde mich in einer Performance-Installation mit dem Titel »Tatwort«. Mein Freund Maurice hat mich hierhergeschleppt. Maurice heißt eigentlich Moritz, aber weil er irgendwann einmal auf die Idee gekommen ist, ein berühmter Fotograf zu werden, hat er sich den Künstlernamen »Maurice Charamár« gegeben. Das wiederum hat ihm den im Grunde viel cooleren Namen Moritz Schawarma eingebracht, aber er besteht darauf, dass wir ihn weiterhin Maurice nennen.

›Wegen des Wiedererkennungswerts‹, sagt er, wegen der ›Crazybility‹ steht im Subtext, ›weil er einen an der Waffel hat‹, ist vermutlich richtig.

Er taucht neben mir auf. »Und, wie gefällt's dir?«, fragt er, wobei er seine zu große Hornbrille, die er ausschließlich zu solchen Anlässen trägt, zurechtrückt.

»Äh ... na ja, ich hab ein bisschen das Gefühl – man sieht die Kunst vor lauter Kunstwerken nicht?«

Maurice schaut mich vorwurfsvoll an. Er versucht mir seit Jahren Kunst beizubringen.

»Okay«, sag ich versöhnlich, »also, wenn ich es richtig verstehe geht es darum, dass diese ... Leute passend zu den darüber hängenden ... Bildern Redewendungen ... darstellen, richtig?«

Maurice wiegt den Kopf hin und her, »oberflächlich betrachtet, ja. Auch.«

»Deswegen ist der Titel der Veranstaltung ›Tatwort‹. Weil Überall Worthülsen rumliegen.«

Maurice verdreht die Augen.

»Der Typ hier zum Beispiel ist eine tickende Zeitbombe«, ich deute auf den Mann, der sich grade wieder wie irre in die Faust beißt.

Maurice nickt. Skeptisch.

»Gibt es einen Mitmachteil?«, frag ich. »Wir könnten ›Ankotzen‹ darstellen.«

Maurice schüttelt konsterniert den Kopf. »Du hast einfach einen unglaublich beschränkten Horizont.«

»Entschuldige mal bitte, hier verrenken sich einige soziopathische Mittdreißiger auf dem Boden und stöhnen Phrasen vor sich hin – da weiß ich gar nicht, wer den beschränkteren Horizont hat, die armen Würstchen in ihren Cellophan-Verpackungen, oder die, die ihnen dabei zuschauen!«

»Maik, ich hatte eigentlich gehofft, wir könnten uns diese Diskussion heute mal sparen!«

»Du hast damit angefangen!«

»Ja, weil es mich maßlos ärgert, dass du nicht mal versuchst, dich auch nur ansatzweise auf eine Kunst einzulassen, die nicht dem bourgeoisen Bild entspricht, das du seit der Grundschule mit dir herumträgst!«

»Mein lieber Herr Schawarma, die Forderung ›sich auch mal auf was einzulassen‹ ist für schlechte Schaumpartys erfunden worden – bezeichnend, wenn du das auf eine Kunstinstallation anwenden musst.«

Maurice atmet tief durch und massiert sich die Schläfen. »Kunst besteht vor allem darin, die Wahrnehmung zu ändern und …«

»Jaha – das Gefühl hab ich auch. Zum Beispiel in Bezug auf Verstreichen der Zeit.«

Maurice wird immer röter. »Wenn es nach dir ginge, wäre Kunst wahrscheinlich auf idyllische Landschaftsmalereien und hübsch geschnitzte Gartenzwerge beschränkt!«

»Landschaftsmalerei hat wenigstens eine Perspektive eröffnet! Das lässt sich wohl kaum sagen, wenn irgendwelche Yuppie-Kinder ständig mit vollgepissten Spülschwämmen oder so was um die Ecke kommen und behaupten, das sei Kunst!«

»Du bist … du bist … einfach total reaktionär! – Jeder kann etwas machen und es als Kunst deklarieren. Da kannst du dann immer noch sagen, das sei schlechte Kunst, aber nichts, gar nichts auf der Welt gibt dir das Recht, zu sagen, das sei keine Kunst.«

»Ehm, Entschuldigung, was wird hier dargestellt?«, fragt ein modisch gekleideter Mann, der sich interessiert zwischen uns beugt.

»Äh … Schnauze, sonst Beule«, sag ich.

»Ach, wie interes…« – Ich gebe ihm einen Nasenstüber. Die Umstehenden schauen kurz irritiert. Dann applaudieren sie höflich. Ich wende mich wieder Maurice zu.

»Mein Begriff von Kunst ist also reaktionär, ja? Weil ich der Meinung bin, dass ein Kunstwerk sich aus sich selbst heraus als Kunst definiert und nicht, weil irgendjemand einfach behauptet, etwas sei Kunst, egal was es ist? Weil ich der Meinung bin, dass Kunst genug Ausstrahlungskraft besitzt, sie zu erkennen, auch ohne detaillierte Hintergrundinformationen über das Paarungsverhalten des reinrassigen Gelbrücken-Zwergkaninchens in den Höhenlagen des Kong-Gebirges? Fick dich!«

»Oh, mein Lieber, damit kommst du in des Teufels Küche!«, ruft Maurice und deutet aufgebracht in eine Ecke des Raumes, wo eine Frau mit angeklebtem Pferdehuf Zwiebeln schneidet. »Dann ist also nur das, was du verstehst Kunst, ja? Was ist bitteschön mit alter Kunst, die wir nur verstehen *können*, wenn wir etwas über den historischen Kontext wissen, hm? Ist das keine Kunst?«

»Na, das bleibt Kunst, weil es mal einen Sinn hatte!«

»Und alles andere ist …? Na, was? Entartet? – Wenn etwas in einen Kunstraum gestellt wird, ist es Kunst!«

»Nee, dann ist es Ware!«

»Faschist!«

»Bauernfän…«

Ich blicke mich um. Einige Besucher und Besucherinnen haben einen Kreis um uns gebildet und wirken sehr interessiert. Sie tuscheln ein wenig untereinander, und ein älterer Herr erklärt einer deutlich jüngeren Frau ungefragt seine Meinung. Eine andere blättert irritiert im Ausstellungskatalog.

»Moritz Schawarma!«, rufe ich ihr zu. »›Wenn zwei sich streiten, freut sich der Dritte‹.«

»Wir sollten vielleicht besser gehen«, flüstert Maurice, der plötzlich wieder sehr Moritz geworden ist.

»Sie haben uns als Kunst definiert«, sag ich grinsend. »Jetzt verstehen sie uns nur noch mit Ausstellungskatalog.«

Eine kleine Frau mit unglaublich hohen Absätzen drängelt sich zwischen den Leuten hindurch und baut sich vor uns auf. »Was wird das hier?«, fragt sie bissig.

»›Schlafende Hunde wecken‹«, sag ich, »Berlin 2014.«

»Sehr witzig«, sagt die Frau.

»Wir wollten eh grad gehen«, murmelt Maurice und zieht mich am Ärmel.

»Hilfe, Kunstraub!«, rufe ich. Maurice nimmt seine Brille ab und putzt sie. Das ist wie bei Katzen. Die Putzen sich auch immer, wenn ihnen etwas peinlich ist.

Ich wende mich an die Frau. »Wir haben uns nur kurz darüber ausgetauscht, ob das, was hier passiert, Kunst ist oder nicht«, sage ich in erklärendem Tonfall.

»Das hier ist eine Galerie. Folglich ist alles, was sie hier sehen, Kunst.«

»Oh Mann!«, brülle ich, schlagartig wieder auf 180. »Wenn ich also jetzt dieses Glas hier nehme und es an die Wand werfe«, ich werfe mein Sektglas an die Wand, »dann ist das jetzt Kunst? Weil ich es in einem Kunstraum getan habe?«

Die Frau flattert mit den Augenlidern. »Sie werden jetzt gehen.«

Ich ignoriere ihre Aufforderung. »Oder wenn ich hier diese Tür öffne und sage: ›Das ist ein Kunstraum!‹, aber dahinter ist – so eine Überraschung – nichts. Ist das dann noch Kunst? Nur weil ich sage, es ist Kunst?« Ich reiße mit einigem Umstand ein Stück von einem Plakat ab, kritzle eine Zahl darauf und halte es in die Höhe. »Oder wird es Kunst nur, weil ich ein bekacktes Preisschild dranhänge?«, meine Stimme überschlägt sich. Dann ist es still in der Galerie. Alle Umstehenden starren mich mit einer Mischung aus Neugier und Entsetzen an. Plötzlich erhebt sich tosender Applaus, unter den sich bald auch einige ›Bravo!‹-Rufe mischen. Ich schaue irritiert zu Maurice. Der nickt anerkennend.

»Es passiert nicht grade das, was ich fürchte, dass grade passiert, oder?«, frage ich ihn ungläubig.

Der modisch gekleidete Mann, dem ich einen Nasenstüber verpasst hatte, kommt auf mich zu, ergreift mit beiden Händen meine Rechte und schüttelt sie. »Unglaublich«, sagt er, »unglaublich! Das ist es, was dieser Veranstaltung gefehlt hat: die richtige Würze. Oder sollte ich besser sagen: das würzige Richtige?« Er zwinkert mir verschwörerisch zu.

»Was?«, frag ich verwirrt.

»Phänomenal, diese Reprise«, er wedelt obskur mit den Armen, »die Sprichworte zu verdrehen, so einfach und doch zugleich so … wichtig! Zunächst Ihre Darstellung von ›Wer im Steinhaus sitzt, soll nicht mit Glas werfen‹, ganz recht haben Sie, Kunst sollte versuchen auszubrechen und sich nicht einkerkern lassen!« Seine Armbewegungen werden immer wilder. »Und dann dieser Verweis auf … habe ich das richtig verstanden, ›Oft glaubt man mehr als drin ist‹? Eine Kritik am bürgerlichen Kunstbetrieb? Zu guter Letzt noch dieser Verweis darauf, dass nicht alles glänzt, was Gold ist. Ich bin begeistert!« Er reißt die Hände in die Höhe. »Wie ist Ihr Name, mein Freund?«

»Äh … Guybrush Threepwood.«

»Wie?«

»Guybrush. Threepwood.«

»Ist das ein … äh … Künstlername?«

»Ja. Meinen richtigen Namen kann sich niemand merken.«

»Aha. Ja. Haben Sie denn schon einen Agenten, Herr äh … Thriepfood? Ans …«

»Ja«, sagt Maurice, der neben uns aufgetaucht ist, »mich.«

»Sehr gut«, ruft die Frau auf den hohen Absätzen und kommt zu uns rübergestakst. »Da Ihr Künstler bei mir aufgetreten ist, hätte ich gern meine Prozente.«

Maurice und ich schauen uns an.

»Das war keine Kunst«, sagt Maurice.

Die Frau schüttelt den Kopf. »Wenn etwas in einem Kunstra…«

»Hinter Ihnen, ein dreiköpfiger Affe!«, ruf ich und wir entfliehen dem Definitionsraum.

Lillith

Es ist Samstagabend. Ich bin nicht mehr so jung und wild wie letztes Wochenende. Deshalb bleibe ich zu Hause, bearbeite Texte, mache Sport, putze, spüle ab, beantworte E-Mails und schreibe an einem Buch über Arbeitsvermeidungsstrategien. Als ich grade meine 24. Runde Solitaire beendet habe, klingelt es an der Tür.

Ich öffne und vor mir steht eine mir unbekannte Frau, die etwas jünger ist als ich und einen unglaublich verpeilten Eindruck macht.

»Hi«, leiert sie verstrahlt und blickt mich aus glasigen Augen erwartungsvoll an. Einige Zeit ist es still.

»Äh – du hast deine Frage noch nicht gestellt«, sage ich hilfsbereit.

»Oh … ist Lillith da?«

Lillith, meine Mitbewohnerin, wollte feiern gehen, was bei ihr in etwa heißt, dass man sie drei Tage nicht sieht und dann irgendwann feststellt, dass sie wohl wieder zu Hause sein muss, weil jemand die Klobrille abgerissen hat.

»Die ist feiern«, sag ich.

Die Frau blinzelt. Dann blickt sie mich wieder glasig an. »Ja.«

Ich warte, ob noch was kommt. Sie schwankt ein bisschen, sonst verlaufen die nächsten Sekunden relativ ereignislos. Zumindest für mich.

»Na … dann is ja alles klar«, versuche ich die Konversation wieder aufzunehmen. Irgendwie ist sie mir sympathisch.

»Wir waren zusammen unterwegs«, sagt sie und nickt.

Lillith war erst vor drei Stunden losgegangen, und ich frage mich kurz, wie so ein Drei-Tage-Feiern wohl aussieht, wenn die beiden nach drei Stunden schon einen derartigen Zustand erreicht haben.

»Äh … ja. Und nu?«

Sie schaut sich um. Dann wieder zu mir hoch.

»Ist Lillith da?«

»Die ist feiern«, sag ich.

»Ja«, sagt sie und schaut sich wieder um.

»Wart ihr nicht zusammen unterwegs?«, frag ich.

Sie nickt. Dann macht sie einen Schritt durch die Tür. Selbstbewusst versperre ich ihr den Weg. Keine Fremden in die Wohnung lassen, wenn ich allein bin! Erst recht keine jungen Frauen auf … was auch immer.

Sie schaut mich wieder glasig an. Zumindest ungefähr mich.

»Na gut«, sag ich, »kannst dich in die Küche setzen, ich ruf mal Lillith an.«

Sie setzt sich in die Küche, ich rufe Lillith an. Es klingelt ewig, dann höre ich, wie jemand drangeht. Stille.

»Lillith«, sag ich, »du hast dich noch nicht gemeldet.«

»Ach so«, sagt sie. »Hallo?«

»Hi. Äh … – hier sitzt eine … Wie heißt du?«

»Nadja.«

»Eine Nadja in unserer Küche und sucht dich.«

»Ja«, sagt Lillith.

»Ehm … – wart ihr nicht zusammen unterwegs?«

Lillith nickt. Zumindest vermute ich, dass das Rascheln, das aus dem Handy kommt, ein Nicken sein könnte.

»Gut. Und wo bist du?«

»Was?«

»Wo du bist.«

»Ich glaub, ich bin … ich hab keine Ahnung.«

»Ah. Und was siehst du? Also, wenn du die Augen *auf*machst.«

»Äh … Baustelle.«

»Dreh dich doch mal um. Was siehst du da?«

»'n Haus. Glaub ich.«

»Na dann: Herzlich willkommen zu Hause!«

»Krass.«

»Schaffst du die Treppe alleine? Ich würd' Nadja ungern alleinlassen mit dem Messerblock. Und der Schere. Und dem Herd. Und den Muskatnüssen.«

»Ja, ja, alles gut«, sagt sie und legt auf.

Irgendwie bin ich beim Telefonieren in meinem Zimmer gelandet. Erschrocken renne ich zurück in die Küche. Nadja ist weg. ›Scheiße‹, denk ich, reiße die Wohnungstür auf und springe einen Teil der Treppe hinunter. Lillith kommt mir auf allen vieren entgegen.

»Ah!«, sag ich. »Ist dir zufällig Nadja über den Weg gelaufen?«

»Wir waren zusammen unterwegs!«, murmelt Lillith, während sie an mir vorbeiklettert.

Ich seufze und helfe ihr die restlichen Treppenstufen hoch, während sie lauthals protestiert, sie würde das doch wohl allein schaffen, schließlich sei sie eine marsianische Kokópaqu-Graswurzelechse.

Ich setze sie in die Küche unter die Deckenlampe, sage, dass sie jetzt erst mal dringend Energie tanken müsse, und mache mich wieder auf die Suche nach Nadja.

Die finde ich, als ich die Badtür aufreiße, wie sie mit runtergelassenem Rock auf dem Klo sitzt und mich entrückt anlächelt.

»Äh … – bitte verlassen Sie den Raum so, wie Sie ihn vorfinden möchten. Vielen Dank«, sag ich, mache kehrt und gehe zurück zu Lillith. Die hat es irgendwie geschafft, auf das Küchenregal zu klettern und reckt ihre Zunge grade in Richtung einer kleinen Spinne, welche, nichts von marsianischen Echsen ahnend, im Netz sitzt und ihrerseits auf Beute lauert.

»Ehm – Lillith«, frage ich dezent, »hast du nicht Angst vor Spinnen?«

Lillith schaut mich verwirrt an. Dann schüttelt sie kurz den Kopf.

»Fuck, wo bin ich?«

»Andere Frage: Wer bist du?«

»Was?«

»Egal. Schau einfach nicht nach unten – und nicht nach oben.«

Lillith schaut erst nach unten, dann nach oben. Entgegen meiner Erwartung fällt sie aber nicht einfach nur so mit einem lauten Schrei vom Regal, sondern schafft es zudem, sich ab- und das Regal umzustoßen, mit einem kurzen Zwischenschritt die Arbeitsplatte zu zersplittern, das Lampenkabel aus der Decke zu reißen und sich im finalen Abgang am Wasserboiler festzuhalten, um mit diesem im Arm auf dem Mülleimer zu landen.

»Krass«, sag ich in die folgende Stille.

»Sorry«, murmelt Lillith aus der Ecke.

Plötzlich erscheint Nadja in der Tür. Ohne Rock. »Lillith, hast du Tampons?«, fragt sie mit halb geschlossenen Augen.

Im gleichen Moment geht die Wohnungstür auf und unser Mitbewohner kommt rein. Er hält einen riesigen Eiszapfen in der Hand und ist offensichtlich total betrunken.

»Heeyyy!!!«, ruft er und wedelt mit dem Ding über seinem Kopf herum. »Ich mach mir 'nen Longdrink!«

Lillith reißt daraufhin bei ihrem Aufstehversuch sämtliche Blumen vom Fensterbrett, was Nadja wiederum dazu veranlasst, sich vor Schreck unter dem Flurteppich zu verkriechen.

Melancholisch betrachte ich das Spektakel und fühle mich – alt.

›Diese jungen Wilden‹, denke ich und verspüre den Wunsch, auch wieder jung und wild zu sein. Sich dem Moment hingeben, nicht an morgen denken …

Ich dränge mich vorbei an meinem Mitbewohner, der grade energisch versucht, den Eiszapfen ins Kühlfach zu stopfen, setze Lillith auf einen Stuhl, packe meinen Tabak aus, nehme unsere Reibe zur Hand, greife nach den Muskatnüssen und beginne, sie erwartungsvoll in eine Zigarette zu raspeln.

Star-Craft

›Mit den Sternen ist es ein bisschen wie mit Geld‹, denk ich, als ich zum Himmel sehe. ›Es gibt ca. 100 Milliarden Sterne allein in unserer Galaxie, Galaxien wie unsere gibt es mindestens ebenfalls 100 Milliarden, das sind wenigstens 10^{22} Sterne überall um uns herum. Und davon sehe ich: einen.

Genau genommen ist das nicht mal ein Stern. Es ist die Venus. Ein hübscher kleiner Planet mit einer interessanten Durchschnittstemperatur von 464 °C. Das sind 473 °C mehr als an dieser verdammten Bushaltestelle. Ich will auf die Venus. Aber mein Bus kommt nicht. Nirgends zu sehen.

Das Universum besteht ja zu 96% aus dunkler Energie und dunkler Materie, einer Materie die man nicht sieht, die aber theoretisch da sein müsste. Wie mein Bus. Dunkler Bus.

Vielleicht war er aber auch schon da, und ich hab ihn nicht bemerkt.

Vielleicht ist der Bus so voll gewesen, dass seine Masse die Raumzeit gekrümmt hat, und da ist er vorbei … obwohl … dann müsste der Bus ja eigentlich noch mehr Fahrgäste verschlucken, wenn er so viel Masse hätte. Vielleicht ist er ja auch einfach nur zu spät. Aber warum?

Mit einem Bus der BVG würde man 495 Jahre zur Venus fahren.

Wenn er denn kommt.

Ah, oh, da kommt ja ein … nicht meiner.

Ein Mensch steigt aus.

Der Bus fährt (relativ zu mir gesehen) weg.

Der Mensch hingegen bewegt sich auf mich zu.

Faszinierend. Es gibt siebeneinhalb Milliarden Menschen auf der Welt, und er spricht ausgerechnet mich an. Ich mein, das ist in etwa so wahrscheinlich, wie die Stabilität der Planetenbahnen um …‹

»Hey, sorry, do you speak English?«, fragt der Mensch.

»Yes, Earthling«, sag ich.

»Do you know where the Matrix is?«, fragt er.

»It's in your head«, sag ich. »Did you have déjà vus lately? – It's an error in the System.«

Der Mensch schaut kurz irritiert. »No, no – I mean the Club Matrix. It's in the ›Lonely Planet‹.«

»There«, sag ich und deute auf die Venus.

Der Mensch schaut hoch. »Äh … what do you mean? The star?«

»It's a planet«, sag ich, »a lonely planet. If you take the next bus you'll be there in, let's say, four hundred and ninety-five years. – If the Bus comes.«

»Oookay … maybe I can help myself, thank you«, sagt der Mensch.

»You're welcome, earthling«, sag ich und schaue wieder hoch zur Venus.

»Are you an artist or something?«, fragt der Mensch nach einer Weile.

»Sometimes«, sag ich, »I change things into their opposite.«

»Ah, okay – I was afraid you're crazy or something.«

»Sometimes«, sag ich, »I change things into their opposite.«

»And … what are you changing?«

»Right now, I'd like to change my position. So – I'm waiting for the Bus. But maybe it reached nearly lightspeed, so I haven't been fast enough to step in. Happens sometimes.«

»Äh … maybe it's just delayed«, sagt der Mensch.

»Yes, maybe. – But why?«

»Hey, why? Why? Why is the earth turning around? – Nobody knows.«

»The earth, earthling, is turning around, because of the inertia impetus given by the relative angular momentum of the first gas particles clashed together through their gravity attraction. It's easy to explain that. But I do not understand, why this fucking bus is not coming. That makes me nervous.«

»You have funny problems«, sagt der Mensch.

»Hey, you are searching for the Matrix – so, who has funny problems here?«

»The Matrix is a Club«, sagt der Mensch. »Must be somewhere around. It exists … if you know what I mean …«

»Yes, I know, what you mean. But the bus usually exists, too and usually it would be around, also. So, either me or the bus must be in the wrong dimension or something, you know?«

Der Mensch schüttelt den Kopf. »You're weird.«

»You're welcome«, sag ich und schaue auf mein Handy.

»And what are you doing now?«, fragt der Mensch. »Phoning home?«

»No. I'm just checking the time. – Maybe it disappeared with the bus. One can never know …«

»You are crazy!«, sagt der Mensch, schüttelt den Kopf und geht.

»Enjoy your stay in the Matrix, Earthling!«, rufe ich ihm hinterher, da hält der Bus vor mir und die Tür geht auf. Entgeistert schaue ich den Busfahrer an. »Wo waren Sie so lange, Scotty?«

»Ich hab 'nen bisschen Verspätung, und wenn Sie hier rumstehen und mir dumme Fragen stellen, wird das nicht besser«, sagt Scotty, der Busfahrer, schließt die Tür vor meiner Nase und fährt weg. Ich starre auf das entstandene schwarze Loch vor mir.

Aus dem Nichts erscheint ein anderer Bus. Nicht meiner. Ein Typ steigt aus, der mir irgendwie bekannt vorkommt.

»Hey!«, ruft er. »Do you know, where the Matrix is?«

»It must be somewhere around«, sag ich. »I have a déjà vu.«

MAN MUSS AUCH MAL ÜBERANTWORTUNG VERNEHMEN

MAN SOLL AM SCHÖNSTEN SEIN WENN ES GEHT

DIE GEWOHNHEIT DER MACHT WER SÜNDIGT SCHLÄFT NICHT

WENN DER KRÜMEL SPRiCHT SCHWEIGEN DIE KUCHEN

DENN SIE TUN NICHT WAS SIE WISSEN

IN DER KRAFT LIEGT DIE RUHE

WENN DIE MÄUSE AUS DEM HAUS SIND TANZT DIE KATZE AUF DEM TISCH

WO ROHE SINNE KRAFTLOS WALTEN

EINE WELT KANN DAS LÄCHELN VERÄNDERN

WER NICHT DUMM FRAGT BLEIBT SEINE VERWIRKLICHUNG TRÄUMEN

ZU IHRER EIGENEN RUHE BLEIBEN SIE IN SICHERHEIT

WENN ZWEI SICH FREUEN STREITET DER DRITTE

DAS BEHAGEN IN DER UNKULTUR ALLES MUSS NICHTS KANN

MAN SIEHT DEN BAUM VOR LAUTER WÄLDERN NICHT

BEDEUTUNGEN DIE IN DIE WELT BRETTERN

WO WORTE GEWICHTIG SIND DA SIND SIE SELTEN

UND WENN SIE NICHT GELEBT HABEN DANN STERBEN SIE NOCH HEUTE

WER IM STEINHAUS SITZT SOLL NICHT MIT GLAS WERFEN

OFT GLAUBT MAN MEHR ALS DRIN IST

MAN GEHT EINEN WEG WENN ER ENTSTEHT

DIE SCHÖPFUNG DER KRONE OHNE PREIS KEIN FLEISS

WIE DU DIR SO ICH MIR

WIE ES AUS DEM WALD HINAUS SCHALLT SO RUFT MAN HINEIN

WER A SAGEN MUSS SAGT UCH B WAS ERLAUBT IST GEFÄLLT

GAP THE

BIG WATCHER IS BRO HERING YOU NO FUN NO RISK

ES STREET DER

FÜTTERE NICHT DIE HAND DIE DICH BEISST
LIEBER EIN DACH IN DER HAND ALS DIE TAUBE AUF DEM SPATZ
VERSUCHE UNS NICHT IN FÜHRUNG SONDERE UNS VON DEN BÖSEN ERLÖSERN
DIE AXT IM ZIMMERMANN ERSPART DAS HAUS
VOR DER GLEICHHEIT SIND ALLE TOD
ZU WAHR UM SCHÖN ZU SEIN KÖPFE MIT NÄGELN MACHEN
ES GLÄNZT NICHT ALLES WAS GOLD IST
GLÜCK BRINGT SCHERBEN KURZE REDE LANGER SINN
WOVON MAN NICHT SCHWEIGEN KANN DARÜBER MUSS MAN SPRECHEN
SITZE NICHT AUF DEM AST AN DEM DU SÄGST
NEVER SYSTEMATE A RUNNING CHANGE
DU TUST WAS DU BIST SINGVÖGEL RAUBEN NICHT
LIEBE ALTE ROSTET NICHT WIE MAN LIEGT SO BETTET MAN SICH
MAN TUT GUTES AUSSER ES GIBT NICHTS
TOT GELEBTE SAGEN LÄNGER HUNDE DIE BEISSEN BELLEN NICHT
WER VON EUCH DEN ERSTEN STEIN WIRFT IST OHNE SÜNDE
WER NICHT GEWINNT DER WAGT AUCH NICHT
DABEI IST SEIN ALLES FALLMUT KOMMT VOR DEM HOCH
SEIN LEBEN IN DIE ORDNUNG BRINGEN
DER STAMM FÄLLT WEIT DER APFEL NICHT
ZULETZT STIRBT DIE HOFFNUNG IMMER
LASS WAS DU NICHT TUN KANNST
MIT SPATZEN AUF KANONEN SCHIESSEN
ANFANG IST ALLEM MÜSSIGGANG LASTER
STETER STEIN HÖHLT DEN TROPF
HALB GEFÄHRLICHES WISSEN
DIE HEILIGEN MITTELN DEN ZWECK

Fallmut kommt vor dem Hoch

Ich wollte hoch hinaus. Auf der Realschule, auf der ich damals war, wurde das sehr wörtlich genommen. Denn es handelte sich, wie unser Direktor nicht müde wurde zu betonen, schließlich um eine Real-Schule und nicht um eine Traumtanz-Schule. Folglich ging dort eine ausgesprochen starke Anziehungskraft vom goldenen Boden des Handwerks aus und die Lehrkräfte waren in erster Linie darum bemüht, den Schülern und Schülerinnen beizubringen, mit beiden Beinen fest darauf zu stehen. Und die realistischste Perspektive, hoch hinaus zu kommen, schien mir daher: Dachdecker werden.

So kam es, dass ich mich für ein Praktikum als Dachdecker anmeldete. Das hieß in erster Linie: früh aufstehen. Und mit »früh« meine ich nicht die Uhrzeit, zu der ich damals regelmäßig zum Schulbus gerannt bin, sieben Uhr, nein, sondern eiskalte 4.30 Uhr. Nicht dass der Arbeitsbeginn eines Dachdeckers um 5.30 Uhr im Spätwinter irgendeinen vernünftigen Grund gehabt hätte. Es gehörte einfach irgendwie dazu. Erst mit der Zeit verstand ich, was der eigentliche Sinn des frühen Arbeitsbeginns war – es blieb am Nachmittag mehr Zeit für Überstunden. Ich hatte damit eine erste Lektion im Praktikum gelernt: Wer früh aufsteht, muss länger arbeiten.

Eine zweite Lektion, die ich schnell lernte, war, dass man niemals, wirklich niemals, auch nicht um sechs Uhr morgens bei minus fünf Grad, wenn alle nur rumstehen und rauchen, die Hände in die Hosentaschen stecken sollte. Denn das sähe so aus, als hätte man nichts zu tun. Auch wenn es tatsächlich nichts zu tun gab, man sollte immer wirken, als sei man jederzeit bereit, eine Hand zu schütteln, ein Gerät zu bedienen oder einen Dachbalken zu jonglieren. Ich glaube im Nachhinein, auch dieser Teil des Handwerkerethos ist – ähnlich wie das frühe Aufstehen für Überstunden – eigentlich eine überlieferte Tradition der Arbeitgeber. In grauer Vorzeit wollten die Chefs bei Besprechungen bestimmt einfach nur die Hände ihrer Untergebenen im Auge behalten, um sicherzugehen, dass nicht irgendwer plötzlich ein Messer oder eine Pistole aus der Tasche zog, um sich schnell den Tag frei zu machen.

Um Punkt 5.30 Uhr standen dann alle Angestellten vorm Dachdecker-Hauptquartier und warteten eine halbe Stunde auf den Chef. Eine Zigarette im Mundwinkel, die Hände zu allem bereit seitlich abgewinkelt, ein bisschen wie Cowboys. Der Chef kam an und die abgefrorenen Hände endlich zum Einsatz, sie wurden geschüttelt, nahmen Tagesaufgaben entgegen und luden Equipment ein.

Am Arbeitsort angekommen wurde erst mal gebohrt und gehämmert. Egal wo wir hinkamen, zum Fenstereinbau in Privathäusern, zum Dachpfannentausch in Mietshäusern oder auch einfach nur zum Begutachten eines Flachdachs: Es wurde immer zuallererst gebohrt und gehämmert. Irgendwann hatte ich auch das verstanden: Wenn erst mal was kaputt war, musste es auch wieder jemand reparieren und, ah, welch ein Zufall, die Dachdecker waren ja grad da.

Nach diesem arbeitsreichen Trick gab es in der Regel Frühstück. Zum Frühstück wurde oft ein Bier geöffnet. Aber nicht etwa, weil Dachdecker generell viel Wert darauf legen würden, nein, aus irgendeinem Grund gab es in jedem Haus eine nette alte Hausfrau, die passend zur Frühstückspause aus einem der Dachfenster schaute, verschwörerisch grinste, einen Korb mit Schmalzstullen und Bier hinstellte und wieder verschwand. Dieses okkult anmutende Ereignis wurde von den anderen Kollegen als etwas so Selbstverständliches hingenommen, dass ich auch bald aufhörte, mich zu fragen, ob es eigentlich immer dieselbe Frau war, die da aus den Fenstern lugte. Es schien einfach eine Art Dachfee zu sein. Und die wollte man nicht verärgern.

Nach dem Frühstück kam dann eigentlich direkt die Mittagspause. Und danach kam der Chef. Der Chef hatte immer allerlei gute Ideen, wie man den Nachmittag noch so verbringen könnte. Eine seiner besten Ideen war mal die, den Praktikanten in eine Arbeit zu involvieren, welche nur von den erfahrensten Dachdeckermeistern ausgeführt werden konnte. Es handelte sich um die Behebung eines kleinen Dachschadens bei einem Zwölfgeschosser mit Spitzdach, welches nur über ein Fenster im Treppenhaus betreten werden konnte. Die Absturzgefahr dabei betrug gefühlte 89%. Und die Todeswahrscheinlichkeit bei einem solchen Absturz schätzungsweise 189%.

Ich sollte diese praktikumsgerechte Aufgabe mit dem ältesten Dachdeckergesellen erledigen, einem Gesellen, den ich bisher nur wenig wahrgenommen hatte. Das lag vor allem daran, dass er beständig von einer Nebelwolke umgeben war. Denn da, wo andere eine Zigarette rauchten, zog er gleich ein ganzes Päckchen Rot-Händle ohne Filter weg. Er qualmte ständig, selbst wenn er – was selten war – keine Zigarette im Mundwinkel hatte. Das gab ihm etwas Mystisches, auch weil er nicht so oft sprach, das kostete zu viel Luft. Wir fuhren also zum besagten Haus und waberten mit einigen. Pausen. Die Treppe hoch. Schließlich standen wir vor dem letzten Fenster des Treppenhauses, das wir glücklicherweise öffnen mussten. Ich blickte vorsichtig hinunter und versuchte die Meterzahl bis zum goldenen Boden des Handwerks abzuschätzen, als die Nebelwolke neben mir plötzlich anfing zu sprechen: »So. Wer geht hoch?«

»Äh …«, sagte ich, »ich mein, also, sowohl in Anbetracht der handwerklichen Fähigkeiten als auch … na ja, der statistischen Lebenserwartung – ich nicht?«

Ein Licht glomm in den Schwaden auf und der Nebel verdichtete sich nachdenklich.

»Na gut«, erklang nach einer Weile die Stimme, es raschelte und aus der Wolke streckte sich mir das Ende eines dünnen Seils entgegen. »Halt mal«, sagte die Stimme. Ich ergriff das Seil und die Wolke bewegte sich aufs Fenster zu. Ein Windstoß fegte kurz die Nebelschwaden beiseite, und vor mir stand ein etwa sechzigjähriger, bärtiger Mann mit einem geschätzten Kampfgewicht von 120 Kilo. Um seinen kolossalen Bauch war locker ein dünnes Seil geknotet, dessen Ende sich in meinen zarten Praktikantenhänden befand. Der Geselle stieg grade auf den Fenstersims und zündete sich gleichzeitig eine Zigarette an. Ich schaute auf ihn und noch einmal auf das Seil, dann wieder zu ihm.

»Äh …«, sagte ich, in der Hoffnung, dass das alles erklären würde.

»Was?«, fragte die mittlerweile wieder in Dunst eingehüllte Gestalt.

»Äh …«, machte ich noch mal, »wozu das Seil?«

»Na, falls ich abrutsche.«

»Verstehe. Aber ehrlich gesagt frage ich mich: Was mache ich mit dem Seil, wenn es sich mit hundertzwanzig Kilo Nikotin und Teer am Ende auf den 64 Meter entfernten anderen Teer zubewegt?«

Im Dunst glomm es wieder bedächtig. »Festhalten«, grummelte es schließlich aus der Wolke und sie entschwand aufs Dach. Damit hatte ich eine letzte Lektion in meinem Praktikum gelernt. Nämlich was mit dem Spruch gemeint ist: »Das kannst du halten wie ein Dachdecker.«

Ich muss dann mal los

Falls ich jemals sterben sollte, hätte ich auf meinem Grabstein gerne einen Abspann mit allen Beteiligten. Da das aber bestimmt zu lang für irgendwelche Grabstein-Norm-Verordnungen ist, werd ich mir wohl was Kürzeres ausdenken müssen. »Bis bald!« vielleicht, »I can see dead people!« oder einfach »Hilfe!«.

Grabsteinsprüche dienen dem Andenken. Und wenn man sie sich selbst aussucht, beweist das vermutlich, dass man sehr eitel ist und kein Vertrauen in sein soziales Umfeld hat.

Aber eine eigentlich viel interessantere Situation bezüglich des letzten Andenkens findet noch vor dem Grabstein statt – die *Famous Last Words*. Man kennt das: Wenn es gut läuft, sichern sie einem eine gewisse Würde oder verweisen auf etwas Geheimnisvolles. Aber wahrscheinlicher ist es, dass man in einer eher ungünstigen Situation das Zeitliche segnet und die letzten Worte so was sind wie »Ach, das is doch noch gut!«, »Oh, wie niedlich!« oder »Was kann der Knopf hier?«

Das Banale hält uns die Treue bis ins Grab. Und fast alles, was Menschen so ganz alltäglich von sich geben, könnte das letzte sein:

»Machense mal ordentlich scharf!«

»Kann man das auch so rum halten?«

»Äh … Kennst du den Typen?«

Aber nicht nur der Zeitpunkt, sondern auch die Zeit, in der man lebt beziehungsweise gelebt hat, entscheidet maßgeblich über den Gehalt der letzten Worte. Während vor einigen hundert Jahren wahrscheinlich Ausdrücke wie »Oh Gott« oder »Heilige Mutter Ma…« recht hoch auf der Liste standen, vermute ich mal, dass in Zukunft eher der Ausdruck »Fuck!« an der traurigen Spitze stehen wird, gefolgt vielleicht vom Dauerrenner »Oh –«.

Natürlich ist der Tod eigentlich eine sehr ernste Angelegenheit. Aber oft ist es ja grade die Ernsthaftigkeit, die über ihre eigenen Füße stolpert und so, aus der Distanz betrachtet, ein recht lustiges Schauspiel abgibt. Dass zum Beispiel ausgerechnet Aischylos, der hoch gefeierte antike Tragödiendichter, von einer Schildkröte erschlagen wurde, welche ein Adler aus der Luft hat fallen lassen, ist schon ein bisschen witzig. Da sitzt der gestandene Krieger und mehrfache Gewinner der Athener Tragödienwettbewerbe vielleicht grade mit seinem Kumpel Paederastines am Tisch und sagt so etwas wie: »Das war das letzte Mal, dass ich hier gegessen habe!«, und *Plok!* ist seine Aussage so wahr, wie sie wahrer gar nicht sein könnte. Fragt sich, was die Schildkröte als Letztes gesagt oder gedacht hat. »Das ist ja grade noch mal gut gegangen!«? »Cowabanga!«?

Sören Kierkegaard meinte mal zu mir: »Das Ende eines Dramas entscheidet, ob es eine Tragödie oder eine Komödie ist.« Das gilt wohl auch fürs Leben. Und vielleicht sollten wir die Hoffnung nicht aufgeben, dass es einen guten Grund dafür gibt, warum Totenschädel immer grinsen.

Fun Factory

»Lass ma da hingehen! Der Abend ist noch jung«, sagt Maurice.

»Ja«, sag ich, »aber wir nicht mehr. Lass mich erst mal grad die Geschichte zu Ende erzählen. – Also, Chris war sich sicher, dass er das Gras auf dem Tisch liegen gelassen hatte ...«

Maurice' Telefon klingelt. Er telefoniert, und ich lese mir das Etikett auf der Bierflasche durch. Man muss ja immer auf dem neuesten Stand bleiben. Als Maurice auflegt, ist er gut aufgelegt.

»Das muss voll die geile Party sein!«, verkündet er strahlend.

»Wer sagt das?«, frag ich.

»Thorsten. Dessen Cousine ist wohl da.«

»Maurice, die ist zwanzig.«

»Ja, und?«

»Die Partys, die die feiert, sind die Partys, die sich anhand von Falten in Hundertersätzen unter unseren Augen abzählen lassen.«

»Ach, komm«, sagt Maurice.

»Hm, na gut«, sag ich, »aber nur auf ein, maximal zwei Bier.«

Wir gehen los. Auf dem Weg versuche ich, meine Geschichte weiterzuerzählen.

»Also, das Gras war weg, aber Chris war sich hundertprozentig sicher, dass er es auf dem Schreibtisch liegen gelassen hatte. Irgendwann stellte sich heraus, dass sein kleiner Bruder das gefunden ...«

»Ach, da isses ja schon«, sagt Maurice und stößt eine Tür auf. Die Party ist im fünften Stock, aber bereits im Erdgeschoss hört man die Beats von 2Unlimiteds ›No Limit‹.

»Alter!«, ruf ich. »Neunziger Eurodance. Ich geh da nich hoch!«

»Ach, voll geil!«, ruft Maurice und eilt zur Treppe. »Da kannste wenigstens so was sagen wie: ›Ich hab Modo ja noch live gesehen.‹ Ist doch lustig.«

»Was mich wirklich nervt«, sag ich und folge ihm widerwillig, »ist nicht nur die Musik als solche, sondern die damit einhergehende Haltung, dieses ironische Abfeiern. – Da finden Leute etwas eigentlich bescheuert, tun so, als würden sie nicht wirklich partizipieren, machen es aber trotzdem. Genau genommen ist das auch nicht ironisch, sondern einfach nur dumm.«

»Ach, man muss sich auch mal auf was einlassen! Ist doch halb so wild«, wirft Maurice ein.

»Ja eben!«, ruf ich. »Genau das ist das Problem! Wenn …« Die Tür zur Party geht auf. Eine Mischung aus Lärm, Schweiß, Qualm, Alkohol und dudelnden Synth-Arpeggios schlägt uns entgegen. Lauter Erstsemester feiern, als gäb es kein Morgen mehr. Aber dieses Morgen gab es. Es betrat die Party in Gestalt von Maurice und mir.

Als wir nach einigen Mühen die Tür wieder zubekommen haben, ruft Maurice mir irgendwas zu, das ich nicht verstehe, und verschwindet hüpfend im Gewühl. Ich verschnüre meine zwei Jacken, drei Pullis, vier Schals und zwei Paar Handschuhe zu einem übersichtlichen Paket und lege es behutsam auf ein Regal. Aus dem Tanzraum hört man, wie die ersten Töne von ›Mr. Vain‹ in einem infernalischen Kreischen untergehen. Ich trinke schnell ein Bier. Dann mache ich gemütlich das zweite auf, drehe mir eine Zigarette, lehne mich an die Wand und schaue mich um. Überall wackeln junge Menschen mit Flaschen in der Hand herum und geben freudige Quietschlaute von sich, wenn sie einander begegnen. Das passiert ungefähr alle zehn Zentimeter.

Ich denke grade daran, dass ich, wenn ich nach Hause komme, unbedingt noch eine Tasse Gemüsebrühe trinken sollte, damit der Kater nicht so schlimm wird, als plötzlich eine Frau, Mädchen, whatever, vor mir auftaucht und mich anstrahlt. »Lächel doch mal!«, sagt sie.

»Gib mir 'nen Grund«, grummle ich. Die Frau geht weg.

Ich denke grade darüber nach, was das so ganz im Allgemeinen über mein Leben aussagt, als mein Handy klingelt. Es ist Maurice. Er wollte nur mal kurz anrufen, um mir zu sagen …

»Ich wollte nur mal kurz anrufen, um dir zu sagen, dass das echt 'ne hammergeile Party ist, auf der ich bin.«

»Maurice, ich bin fünf Meter Luftlinie von dir entfernt.«

»Ja – und das heißt: Auch du bist auf einer hammergeilen Party, mein Freund! Mach was draus!«

»Die sind so jung hier!«, jammere ich.

»Hör mal, die sind alle mindestens neunzehn. Das ist doch nicht strafbar.«

»Oh Mann!«, stöhn ich. »Das macht fünf Euro ins Macho-Schwein. – Ich mein die allgemeine Stimmung. Du weißt schon – Tanzen mit ironischen Bewegungen und so.«

»Ja. Ja, ja, super Stimmung. – Lang nicht mehr auf so einer geilen WG-Party gewesen. Hab grade jemanden kennengelernt, der tatsächlich Dr. Alban heißt. Komm doch mal rüber, ist echt witzig hier.«

Seufzend wühle ich mich durch die schwitzenden Leiber in den Tanzraum. Maurice steht in der Mitte, grinst wie ein Honigkuchenpferd und lässt sich durch die Massen im Rhythmus von »Eins, zwei, Polizei« hoch und runter wippen. Als ich ihn erreiche, höre ich, wie er grade zu einer Frau sagt: »Ich hab Modo ja noch live gesehen.«

Ich tippe ihm auf die Schulter. Er dreht sich um, macht ein Gesicht, als wenn er mich seit Jahren nicht gesehen hätte, und gibt ein lautes Quietsch-Geräusch von sich.

»Weißt du«, brülle ich ihm ins Ohr, »das Problem bei dieser pseudo-ironischen Haltung im Allgemeinen ist, dass sie die Dinge einfach so hinnimmt. Es wird etwas kommentiert, bleibt aber letztlich unhinterfragt stehen. Eine Art genehmigte Demonstration im herrschenden Diskurs.«

Maurice schaut irritiert. »Hallo? Es geht hier um ein paar 90er-Jahre-Hits. Was hat das mit herrschenden Diskursen zu tun?«

Ich schüttle den Kopf. »Du musst das umfassender sehen. Überall grassiert diese inhaltsleere Ironie. Egal worum es geht, Musik, Fernsehen, Outfit – die ganze kulturindustrielle Palette.

So eine latent ironische Haltung sich und der Welt gegenüber gehört mittlerweile zum guten Ton. Aber das Gespenst, welches da unter dem Deckmantel der Ironie umgeht, ist in Wahrheit der Zynismus des Ganzen.«

»Was stimmt denn mit dir nicht?«, fragt Maurice, ungeduldig zu den ersten Sounds von Blümchens »Herz an Herz« wippend.

»Das Schaf, was ironisch blökt, wenn der Wolf kommt, bringt den Wolf vielleicht noch zum Lachen, bevor er es frisst. Aber mehr halt nicht«, bedeutungsschwanger hebe ich den Zeigefinger. »Ich verurteile das Schaf!«

Maurice schüttelt ungläubig den Kopf. »Hast du wieder Muskat geraucht?«

»Verstehst du denn nicht«, ich packe ihn an den Schultern, »nur das Schaf, das versucht, den Wolf zu fressen, ist in Wahrheit ein ironisches Schaf! Es kehrt die Verhältnisse um. Aber dafür muss es sich verdammt noch mal ernst nehmen – MÄÄH!«

Ich schüttle Maurice ein bisschen. Als ich damit fertig bin, blickt er mich entgeistert an. »Was war das denn?«, fragt er. »Ein Theorie-Tourette-Anfall?«

»Tschuldigung«, sag ich erschöpft und rücke meine Klamotten zurecht, »hab mich gehen lassen. – Ich, äh … les mir mal noch 'n paar Etiketten durch.«

Maurice stürzt sich wieder in den 90er-Sumpf, während ich mich an den Rand stelle und mir das Etikett der Bierflasche durchlese. Später lerne ich versehentlich einen Typen kennen, der mir ungefragt erklärt, weshalb es bei den dringenden politischen Fragen unserer Zeit unbedingt notwendig ist, mehr demokratisches Bewusstsein bei den Leuten zu wecken, und dass so etwas wie Marx längst überholt sei, Kapitalismus im Grunde eigentlich auch nichts Schlechtes wäre, wenn man nur dafür sorgen würde, dass die Banken in ihrer Macht eingeschränkt werden und jeder …

Als ich aufwache ist die Party irgendwie ziemlich leer geworden. Nur noch vier Alkoholleichen torkeln auf der Tanzfläche herum. Keine davon ist Maurice. Aber es läuft 80er-Jahre-Musik. Endlich. Ich mache mich auf die Suche und finde Maurice, wie er Bieretikett lesend am Küchentisch sitzt.

»Maurice«, sag ich, »die Party is over.«

»Es ist doch erst fünf!«, mosert Maurice.

»Ihr wollt dann jetzt auch gehen«, sagt eine Frau, die ich noch nie gesehen habe. Muss die Gastgeberin sein. Wir folgen ihrer Einschätzung und gehen zu einem Späti, um uns Gebäck und Bier zu holen.

»Was war jetzt eigentlich mit dem Gras, das Chris' kleiner Bruder gefunden hatte?«, fragt Maurice, als wir draußen in der aufgehenden Sonne stehen.

»Ach so«, sag ich, »der dachte, das wäre irgendwie Heu oder so und hat es an sein Meerschweinchen verfüttert.«

»Krass! Und was hat das dann gemacht?«

»Na ja, was würdest du machen, wenn du einen fußballgroßen Grasballen gegessen hast? – Es hat 'n paar Tage gechillt. Und Chris schwört, es hätte gegrinst.«

Plötzlich rennt ein Typ im Wolfskostüm an uns vorbei, gefolgt von einer Frau im Schafskostüm, die ihm wüste Beschimpfungen hinterherbrüllt.

»War das jetzt ironisch?«, fragt Maurice nach einer Weile.

»Nee«, sag ich, »das war einfach nur absurd.«

Das Osterei des Kolumbus

Nachdenklich betrachte ich ein Vogelhäuschen und überlege, wie sich ein Schokoei in das darin befindliche Nest schmuggeln lässt. Es ist Ostern. Ich habe mit einigen Leuten beschlossen, den interessanten Teil daran noch mal aufleben zu lassen und Süßigkeiten in einem kleinen Hinterhof zu verstecken, die ein paar von uns dann suchen dürfen. Ich bin einer der drei Osterhäs_innen. Und ich bin ein guter. Denn ich gebe mir Mühe. Meine beiden Kolleginnen hingegen drapieren die zu suchenden Osterüberraschungen so, dass man sie findet. Das ist mit meiner Osterhasenehre unvereinbar. Ich habe diverse Süßigkeiten mindestens einen Meter unter die Erde gebracht, in die aufgewühlten Stellen Blumen gepflanzt, Steine aus den kleinen Gehwegen gehebelt, Schokoriegel daruntergelegt, die Fugen mit Moos abgedichtet, abgebrochene Äste für Bonbons ausgehüllt und – darauf bin ich besonders stolz – eine Lampe aufgeschraubt, um die Glühbirne unter dem Milchglas durch ein Schokoei zu ersetzen. Ein paar Kleinigkeiten habe ich auch wasserdicht verpackt und mit Steinen beschwert in dem Zierteich oder einer Regentonne versenkt. Die Sachen sind so gut versteckt, dass ich selber nicht mehr weiß, wo sie sind. Das hat den schönen Effekt, dass ich dann gleich wieder mitsuchen kann. Leider bin ich auch einer der wenigen aus unserer Runde, dessen Freude über einen veganen Schokoriegel sich nicht irgendwie in Grenzen hält. Noch.

Ich stelle mich grade auf die Zehenspitzen um einen Blick in das Vogelhaus zu werfen und die Bewohner zu fragen, ob sie nicht

Lust haben, beim Verstecken zu helfen, da ertönt eine Stimme neben mir: »Was machst du da?«

Ich schaue mich um. Niemand zu sehen, außer meinen beiden Hasenkolleginnen, die einfallslose »Verstecke« bestücken. Etwas zuppelt mir am T-Shirt. Ich schaue runter. Da stehen zwei kleine Jungs und schauen mich mit einer Mischung aus Langeweile und Raubtierblick an.

»Ich verstecke Süßigkeiten«, sag ich beiläufig und denke direkt: ›Fehler‹. Kurz sehe ich noch, wie die Augen der beiden groß werden, dann hängen sie auch schon im Gebüsch.

»Ich hab was!«, ruft der eine.

»Ich auch!«, ruft der andere.

»Hey Moment!«, ruf ich dazwischen. »Das ist nicht für euch!«

»Uäh, das ja 'n echtes Ei«, beschwert sich einer aus dem Gebüsch.

»Das is nicht von mir!«, stelle ich klar und schaue mich nach meinen Osterhasenkolleginnen um. Eine versucht grade einen weiteren Jungen davon abzuhalten einen Gartenzwerg hochzuheben, während Häsin Nummer drei mit einem kleinen Mädchen diskutiert, das seinen Kopf aus einem Gebüsch streckt und einen Schokoriegel darauf liegen hat. Hektisch hole ich mein Handy hervor und rufe die anderen an.

Mittlerweile haben sich an nahezu jeder Ecke des Gartens Kinder eingefunden. Sie schieben Büsche zur Seite, rupfen Blumen aus, treten Gartenzwerge weg und fischen mit hochgezogenen Ärmeln im Teich. Ein Junge hat eine Zaunlatte herausgebrochen, mit der er die Osterüberraschungen aus den höher gelegenen Verstecken prügelt. Überall wird geschrien, gejubelt oder sich darum gestritten, wer was zuerst gesehen hat.

Als der Rest meiner Lebensbezugsgruppe eintrifft, finden wir uns schnell zu einem Plenum zusammen. Ich ergreife das Wort: »Vorschlag für Diskussionspunkt 1: Was machen wir jetzt? Wer ist dafür?«

Alle melden sich.

»Wir können uns doch nicht von einem Haufen Kinder unsere Süßigkeiten klauen lassen!«, wirft Maurice ein. »Die haben ja keinen Respekt vor unserer … weiß nicht … Autorität?«

»Wir lehnen Autorität generell ab!«, ruft Lillith.

Zustimmendes Nicken. Es ist wie immer.

»Vielleicht können wir mit denen reden«, schlägt ein anderer Freund vor.

»Das halte ich für zwecklos«, sag ich, »Kinder sind per Definition dumm.«

»Hinter jeder Definition steht ein Herrschaftsinteresse!«, protestiert mein Mitbewohner. »Wir sollten uns nicht dazu herablassen …«, er unterbricht sich und starrt auf den Garten. Wir schauen uns um und sehen, wie die Kinder langsam auf uns zupirschen. Aus ihren Taschen quellen bunte Süßigkeiten, und ihre Münder sind schokoladenverschmiert.

»Ihr habt doch bestimmt noch mehr!«, zischt ein niedliches kleines Mädchen lauernd und verengt die Augen zu Schlitzen.

»Hey, wenn ihr teilt, haben alle mehr!«, schlage ich pädagogisch vor. Die Kinder ignorieren das und kommen weiter auf uns zu.

»Äh …«, ruft ein Freund. »Lass mal abhauen! Wer ist daf…«

Alle melden sich kurz und stürzen zu ihren Fahrrädern. Die Kinderhorde gibt ein infernalisches Kreischen von sich und rennt los. Während wir auf die Fahrräder steigen, zerren dutzende kleine Hände an unseren Klamotten und Taschen, wir befreien uns mühsam und rasen los. Eine Delegation der Kinder hat sich ihrerseits kleine Fahrräder geschnappt und nimmt die Verfolgung auf.

Geistesgegenwärtig greift eine Freundin in die Tasche und wirft eine Handvoll Schokoeier nach hinten. Einige der Kinder fallen zurück, um sich darauf zu stürzen, aber die meisten treten immer noch wie verrückt in die Pedale, um uns einzuholen.

»Es sind zu viele, wir müssen uns aufteilen!«, rufe ich den anderen zu. »Drei Dreiergruppen mit Knotenkurven an der nächsten Kreuzung. Treffen auf dem Tempelhofer Feld!«

Wir hören, wie sich die Kindereinheiten hinter uns ihrerseits besprechen: »Ihr beiden müsst auf dem Bürgersteig fahren, ihr habt noch keinen Fahrradführerschein!«

Als wir an die Kreuzung kommen, springt die Ampel grade auf Rot.

»Das wäre jetzt aber kein gutes Vorbild ...«, wirft Maurice von hinten ein.

»Vorbilder sind nie gut!«, ruft Lillith und wir fahren unter Autogehupe über die Kreuzung.

Kurz scheint es so, als hätten wir die Kinder damit abgehängt. Aber als ich mit meiner Splittergruppe wieder vor einer roten Ampel stehe, hören wir es plötzlich von der Seite rufen: »Da sind welche! Los, hinterher!«

Wir rasen durch verschiedenste Seitenstraßen und verschanzen uns schließlich keuchend hinter einem Kleintransporter auf einem Parkplatz vor dem Tempelhofer Feld.

»Fuck, die sind echt hartnäckig!«, sagt Maurice und ringt nach Luft.

»Ja, aber sind sie auch weg?«, frag ich.

»Im Moment schon, aber das heißt nichts«, sagt Lillith und lugt um die Ecke.

»Okay, okay – wir müssen das mal so sehen«, japse ich, »im Moment sind wir quasi Ostereier und Osterhase in einem. Denen geht es aber gar nicht um uns. Es geht denen ums Suchen an sich. Das sind gelangweilte Kinder, die gehören zu den gefährlichsten Wesen überhaupt.«

»Und? Hast du einen Plan, bester Hannibal?«, fragt Maurice.

»Ich hab da so eine Idee«, sag ich und flüstere den beiden etwas zu.

Eine Viertelstunde später stehen wir wieder alle vereint auf dem Tempelhofer Feld. Eine Horde kreischender Kinder umringt uns. Überall zuppelt und zieht es an unseren Klamotten.

»Soo, liebe Kinder!«, sag ich. »Osterhase Maik hat hier etwas ganz Besonderes versteckt.«

Ich deute mit ausladender Geste über das Tempelhofer Feld. »Ein goldenes Schokoei. Wer das findet, der kriegt so viele Schokoeier, wie er essen kann!«

Die Kinder jubeln und rennen in alle Richtungen davon.

»Das war ja mal echt billig«, sagt Maurice.

»Aber effektiv!«, entgegne ich stolz.

»Hast du denn wirklich was versteckt?«, fragt eine Freundin.

»Klar«, sag ich, »ich würde Kinder doch nicht anlügen.«

»Und was ist, wenn das einer findet?«, fragt Lillith.

»Das werden sie nicht«, sag ich schmatzend, schlucke den Rest Eis runter und klopfe mir auf den Bauch, »meine Verstecke sind die besten.«

»Ich weiß, wo es ist!«, ertönt plötzlich eine Stimme hinter uns. Wir drehen uns um. Dort steht ein Junge und funkelt mich gierig an. In seiner Hand hält er eine abgebrochene spitze Zaunlatte.

Was tun

»Haste Lust, was zu spielen?«, frage ich Lillith, als ich in die Küche komme.

»Wolltest du nicht ein Buch über Arbeitsvermeidungsstrategien schreiben oder so was?«

»Da bin ich noch nicht zu gekommen. Lass ma lieber spielen.«

Lillith schaut mich skeptisch an. »Aber nicht dieses Spiel, bei dem du deine fiesen Angriffe immer als ›präventiven Racheakt‹ rechtfertigst.«

»Nein, nein«, sag ich beruhigend, »ich hab mir selber eines ausgedacht! Ist ein kooperatives Spiel. Wird dir gefallen – es spielt nach der Überwindung des Kapitalismus.«

»Oh!«, Lillith lehnt sich nach vorne und schaut interessiert auf den gezeichneten Plan, den ich vor uns ausbreite. »Schieß los.«

»Also, man muss eine Kommune organisieren. Es hat eine Revolution stattgefunden, wie auch immer das geklappt hat, auf jeden Fall ist die Welt jetzt frei von Herrschaftsverhältnissen.«

»Klingt gut«, sagt Lillith, »kauf ich.«

»Schön, aber lass mich erst mal fertig entwickeln. Also, es gibt so verschiedene Felder, die von allen Spielern und Spielerinnen gemeinsam organisiert werden müssen. Siehst du, hier, so Nahrungsmittelproduktion, Energieversorgung, Rohstoffnachschub oder auch Müllbeseitigung, Wohnraum, Kulturkram, so was halt. Da müssen alle immer miteinander absprechen, wo es jetzt am wichtigsten ist, Prioritäten zu setzen und Arbeitsposten zu verteilen.«

Lillith nickt. »Ist ein bisschen wie »Siedler von Catan«, oder?«

Ich schaue sie entgeistert an. »Was zur Hölle hat das bitteschön auch nur im Entferntesten mit ›Siedler‹ zu tun?«

»Na ja … es gibt Rohstoffe?«

Ich plinkere mit den Augen. Bekannt aus der »Sendung mit der Maus«. Es macht: plick, plick. »Äh … whatever – zumindest sind hier noch solche Ereigniskarten, die regelmäßig gezogen werden. Darunter gibt es auch immer wieder Problembärkarten.«

»Problembär … Karten?«, fragt Lillith misstrauisch.

»Ja, die kommen dann mit in die ›Was tun‹-Liste.«

»Problembärkarten – das klingt nach randalierenden Pandas.«

»Randalierende Pandas …«, sag ich, »gutes Ereignis.«

»Hm, hm. – Was sind das denn sonst so für Ereigniskarten?«

»Na, zum Beispiel: *Plenum – alle Spieler_innen müssen ihre aktuellen Aufgaben abbrechen (die Runde wird beendet) und sich umgehend in die Gemeinschaftsräume (Spielfeldmitte) begeben. Keine weiteren Auswirkungen.*«

»Klingt eher nach Problembärkarte, wenn du mich fragst.«

»Nee, nee, Problembären sind … so was: *Gott – einige Leute sind der Meinung, dass eine höhere Macht die Probleme in der Kommune klärt. Beweist ihnen das Gegenteil: Plenum.*

Oder auch: *Anführer – jemand möchte anderen sagen, was sie tun sollen und das Plenum abschaffen. Plenum.*«

»Wie heißt das Spiel?«, fragt Lillith, »›Plenum‹?«

»Nee, ›Konsens‹.«

»Find ich nicht gut.«

»Vielleicht auch einfach ›Was tun‹, egal. Hier auf jeden Fall noch die Konsenskarte: *Wenn das nächste Mal ein Plenum ansteht, kann diese Karte gespielt werden, um so zu verhindern, dass alle Spieler_innen ihre Arbeitsposten verlassen müssen. Tipp: Ein Konsens ist selten und die Karten rar. Sie sollten also mit Bedacht eingesetzt werden.*«

»Und wo ist der Räuber?«, fragt Lillith.

»Welcher Räuber?«, frag ich.

»Na, bei so Brettspielen gibt es doch immer einen Räuber.«

»Hä? Das ist eine eigentumslose Gesellschaft, da gibt es keine Räuber mehr – höchstens, na ja, vielleicht das hier: *Kapitalistischer Terror – eine Untergrundbewegung versetzt die Bevölkerung in Tausch und Handel. Bis zum nächsten Plenum wird nur noch die Hälfte produziert.«*

»Ich will lieber einen richtigen Räuber!«, ruft Lillith. »Das ist viel spannender. Der soll immer kommen, wenn man 'ne Sechs würfelt.«

»Vielleicht sollten wir auch noch einführen, dass derjenige, der als Erstes seine Figuren einmal ums Spielfeld gewürfelt hat, gewinnt, und sich die anderen nicht ärgern dürfen?«, frag ich schnippisch.

Lillith seufzt. »Okay, also, noch mal von vorne. Wenn du mich mit deinem Kommunen-Imperium angreifst und ein Plenum spielst, kann ich das dann mit einem Konsens neutrali…«

»Lillith, es ist ein kooperatives Spiel. Man spielt zusammen.«

»Lame. – Was ist denn dann das Ziel?«

»Die Kommune zu organisieren.«

»Schon klar, aber wann hat man gewonnen?«

»Äh … hm. Eigentlich gar nicht. Gibt ja immer was zu tun.«

»Das Spiel hat kein Ende?«

»Nö. Deshalb ist es ja auch von 0–99 Jahre.«

»Könntest du da nicht noch irgendwie 'ne Atombombe einfügen oder so, falls mal jemand keine Lust mehr hat?«, fragt Lillith.

»Ja, meinetwegen, kann ich noch einfügen. Aber das wäre sehr unsozial – Plenum.«

»Du bist übrigens dran mit Küche putzen.«

»Was hat das denn jetzt damit zu tun?«, frag ich echauffiert.

»Na ja, ich dachte, wo wir eh grade beim Plenum sind, kann ich das auch mal anmerken. Seit fünf Wochen übrigens.«

»Ich bin eh dafür, den Putzplan abzuschaffen. Der funktioniert irgendwie nicht.«

Unser Mitbewohner kommt rein.

»Ah, spielt ihr was?«, fragt er.

»›Plenum‹«, sagt Lillith.

»›Konsens‹«, sage ich.

Unser Mitbewohner schaut auf den Spielplan. »Hm. Sieht ein bisschen aus wie ›Siedler‹.«

Plick, plick.

Integrationshintergrund

Gewinne, Gewinne, Gewinne – am laufenden Band.

Kommen Sie näher, hier geht's ab, hier gibt's was zu sehen, das macht Spasss, machense mit, machense mit, hier hat jeder eine Chance, probiern Sie Ihr Glück.

Gewinne, Gewinne, Gewinne … hier ist für jeden etwas …

Dabei sein ist alles!

»Experten bestätigen, was deutsche Bauern längst vermutet haben: Der gefährliche Erreger kommt aus dem Ausland.«

8, 9, 10 – ICH KOMME!

GO WEST! – LIFE IS PEACEFUL THERE.
GO WEST! – HAPPINESS EVERYWHERE.

Bitte haben Sie noch einen Augenblick Geduld.
Unsere Mitarbeiter sind gleich für Sie da.
Bitte haben Sie noch einen Augenblick Geduld.
Unsere Mitarbeiter sind gleich für Sie da.
Bitte haben Sie noch einen Augenblick Geduld.
Unsere Mitarbeiter sind gleich für Sie …

DA MACHE ICH JETZT MAL EINE AUSNAHME. VON MIR KRIEGST DU AUCH EIN JA. DAMIT HAST DU DEN ASYLANTRAG BESTANDEN UND BIST IM RECALL. ABER ICH SAG'S DIR GANZ EHRLICH: FÜR DIE EINBÜRGERUNG REICHT DAS NICHT.DA KOMMT MIR NOCH ZU WENIG RÜBER. - ICH HAB ZUM BEISPIEL SO GAR NICHT DAS GEFÜHL, DAS DU DAS AUCH MEINST, WAS DU SINGST, BEI DER NATIONALHYMNE.

ALSO, WIRKLICH, DA MUSST DU NOCH EINE MENGE AN DIR ARBEITEN, WENN DU ES HIER ZU WAS BRINGEN WILLST. UND NIMM MAL DIESES KOPFTUCH AB, DAS SIEHT JA AUS WIE 'N SACK KARTOFFELN, ICH MEIN', KOMMST DU GRAD VOM SPARGELSTECHEN ODER ...

Was muss erfüllt sein, damit ein Mensch in Deutschland als gleich gilt?

A) Er muss das Einbürgerungsquiz gewinnen.
B) Er muss das Einbürgerungsquiz gewinnen.

MÖÖP.
»A! UND B.«

NUN FRAGE ICH DICH VOR DEM STAAT UND SEINEN BÜRGERN:
WILLST DU, FREMDER, DIE NATIONALITÄT,
WELCHE DIR VOM STAATE ANVERTRAUT,
ALS DIE DEINE LIEBEN UND EHREN
IN GUTEN WIE IN SCHLECHTEN ZEITEN,
BIS DASS DER TOD EUCH SCHEIDET?
SO SPRICH MIR NACH ...

Ich gelobe feierlich ... dass ich das Grundgesetz und die Gesetze der Bundesrepublik Deutschland ... achten, und alles unterlassen werde ... was ihr schaden könnte.

Prima. Ganz toll. Super gemacht. Hier ist Ihre Steuernummer, Ihre Sozialversicherungsnummer, Ihre persönliche Identifikationsnummer uuuund: Ihr Mickymaus-Club-Mitgliedsausweis. Herzlichen Glückwunsch. Sie sind jetzt ein Teil.

HEREINSPAZIERT. HEREINSPAZIERT. IN UNSERE BRAVE NEUE WELT. KOMMSE RIN. KÖNNSE RAUSKIEKEN! UND WER NICHT DUMM FRAGT, BLEIBT!

Werden auch Sie Teil der Liga der gewöhnlichen Gentlemen und erleben Sie die Abenteuer der Postmoderne: Shopping, Steuerhinterziehung, Psychotherapie:

ST-T-TYLE UP YOUR LIFE! GIB DEINEM LEBEN FORM UND STRUKTUR. STARKER HALT TROTZ FLEXIBILITÄT AUCH IN ANSPRUCHSVOLLEN SITUATIONEN. KREIERE DEIN EIGENES, CHARAKTERSTARKES PROFIL. SEI DU SELBST. SEI ANDERS. ACHTE AUF DEINE CRAZYBILITY.

D.D. Michel aus D. denkt anders: »Wenn hier einer kommt, dann soll der sich auch anpassen. Wenn er das nicht kann, dann isser hier vielleicht auch nicht richtig. Wie heißt das? – Falsch. – Dann isser falsch. Das wird man ja wohl noch sagen dürfen. Ich sach ja immer: Wie es aus dem Wald hinausschallt, so ruft man hinein.«

Veränderungen in der gewohnten Umgebung können akute Verwirrungszustände auslösen.

»Die große Ver-Wirung« aus der Offenbarung des Johannes B. Kerner:

Und ich sah: Ein Wir stieg aus der Erde herauf.

Es befahl den Bewohnern der Erde, ein Standbild zu errichten zu Ehren des Wirs.

Und sie beteten das Wir an und sagten: Wer ist dem Wir gleich und wer will den Kampf mit ihm aufnehmen?
Die Kleinen und die Großen, die Reichen und die Armen, die Freien und die Sklaven, alle zwang es, auf ihrer rechten Hand oder ihrer Stirn ein Kennzeichen anzubringen.
Kaufen oder verkaufen konnte nur, wer das Kennzeichen trug: den Namen des Wirs oder die Zahl seines Namens.
Wer Verstand hat, berechne den Zahlenwert des Wirs. Denn es ist die Zahl eines Menschennamens; sein Name ist
Otto. Oder Steffi. Oder Bastian. Oder Konrad. Oder Günter.

Bringe die beste Leistung, zu der du fähig bist.
Du bist die Community.
»Ein Schmetterling kann einen Taifun auslösen. Der Windstoß, der durch seinen Flügelschlag erzeugt wird, zerstört vielleicht ein paar tausend Kilometer weiter ein kleines Dorf …«
Du bist der Schmetterling. Ein Netz kann dich auffangen oder einfangen. Du bist die Verknüpfung. Du bist das Netzwerk.

BIG WATCHER IS BROTHERING YOU!

Like.

Wir freuen uns, Ihnen mitteilen zu können, dass Sie einen Last-Minute-Flug für die halbe Familie gewonnen haben.

Gewinne, Gewinne, Gewinnneeeee.

Meine Damen und Herrn.
Bitte erheben Sie sich jetzt, gegen die Nationalhymne der Bundesrepublik Deutschland.

Auf dem Holzweg

Mein Praktikum als Dachdecker hatte mir klar gemacht, dass ich die Aussicht über den Dächern der Stadt letztlich nicht so beeindruckend fand wie die Aussicht auf ein langes Leben. Deshalb wollte ich mir etwas suchen, das nachhaltigere Perspektiven bot. Holz zum Beispiel. Also hatte ich nach der Realschule eine ganze Weile in einer Tischlerei ausgeholfen, um mir ein Bild von diesem Beruf zu machen.

Der Tischlermeister, bei dem ich arbeitete, war sehr sorgfältig. Ihm war es wichtig, dass man sich voll und ganz auf das konzentrierte, was man tat, und es eben nicht hielt wie ein Dachdecker. Deshalb brachte er zur Ermahnung auch bei jeder sich bietenden Gelegenheit seinen Lieblingsspruch: »Nach lässig kommt nachlässig.« Ob der nun passte oder nicht.

»Meista, wo hängt denn der Hammer?«

»Nach lässig kommt nachlässig.«

»Meista, ich glaub, ich hab mir grad den Finger abgesägt.«

»Nach lässig kommt nachlässig.«

»Meista, guck mal, es regnet.«

»Nach lässig kommt nachlässig.«

So lernte ich schnell, dass Pedanterie, egal worum es geht, eine wichtige Schlüsselqualifikation des Tischlerberufs ist. Eine zweite, viel wichtigere Schlüsselqualifikation allerdings ist das Entwickeln einer ausgeprägten Leidenschaftlichkeit im Umgang mit Holz. Vor allem mit *gut geschliffenem* Holz. Denn Schleifen ist eine der sinnlichsten Erfahrungen, die man bei der Arbeit mit Holz machen kann: Wenn man einen zunächst groben, faserigen Klotz vor sich hat, diesen dann mit einem ebenso groben Schleifblatt angeht, um ihm zunächst die derben Holzsplitter zu nehmen, danach zu einem leicht feineren, aber immer noch rauen Blatt wechselt, um die darunterliegenden Konturen in leichten Kreisbewegungen herauszumassieren, und in einem nächsten Schritt die scharfen Ecken und Kanten glättet, sodann übergehend zu immer feinerem Schleifpapier die besten Seiten des Holzes hervorholt, anschließend mit einem Lächeln zum letzten und feinsten Blatt greift, um die ganze Zartheit des einst so groben Klotzes zur Geltung zu bringen. Nach vollbrachter Tat streifen die Finger sacht über die Oberfläche, die, samtweich wie ein Pfirsich, der Hand schmeichelt und zum Streicheln einlädt. Ein Stück Holz, im Grunde hart, aber doch angenehm geschmeidig und rund geworden durch liebevolle Zuwendung.

Das klingt ein bisschen nach Fetischismus. Und das ist es wohl auch. Aber der Mensch hebt sich von anderen Tieren vor allem dadurch ab, dass er Werkzeuge zur Befriedigung seiner Bedürfnisse herstellt, was ihn gleichsam naturgegeben zum Fetischisten macht. Und, mit Freud gedacht, ist psychische Gesundheit eine ausgewogene Mischung aus neurotisch und pervers, ja, grade die Fetischisten könnte man zu den Menschen zählen, welche dem Seelenfrieden am nächsten kommen, da es ihnen gelingt, ihren tiefsten Begierden im Fetisch einen Ort zu geben.

Das interessierte mich damals natürlich überhaupt gar nicht, schließlich wollte ich Tischler werden und nicht Psychoanalytiker. Wie nah sich diese Tätigkeiten bisweilen stehen, wusste ich zu dem Zeitpunkt allerdings noch nicht. Und wer jetzt an Bezeichnungen denkt, wie »was weghobeln«, »'ne Latte eindübeln« oder »die Mutter fixieren«, mag ein Schelm sein, trifft den Nagel aber nicht auf den Kopf.

Als Tischler macht man bisweilen Hausbesuche, um in Häusern von in der Regel gut betuchten Leuten maßgeschreinerte Möbel einzubauen. Bei einem solchen Hausbesuch sollten wir mal einen Schrank in eine neu renovierte Küche einpassen. Nach einer kurzen Einweisung bezüglich Lässigkeit und Nachlässigkeit hatte mich mein Tischlermeister mit dieser, wie er fand, einfachen Aufgabe allein gelassen und war irgendwas schleifen gegangen.

Ich saß also in des Kunden Küche im Schrank und fluchte. Die meisten Flüche dieser Welt sind sicherlich von Handwerkern und Handwerkerinnen erfunden worden. Denn Handwerk ist die unmittelbarste Form des Kampfes Geist gegen Materie, und in der Regel klappt das, was man geplant hat, nicht.

»Geh raus, du dummes Stück Scheiße!«, schrie ich grade eine verklemmte Schraube an.

»Was fällt Ihnen ein?«, sagte die Schraube empört.

Verwirrt hielt ich inne. Es war das erste Mal, dass ich von einer Schraube gesiezt wurde. Irgendetwas stimmte nicht. Langsam schob ich meinen Kopf aus dem Schrank. Vor mir stand ein etwa vierzigjähriger Mann im Anzug.

»Oh, äh … Entschuldigung … ich … hatte mit jemand anderem gesprochen.«

Der Mann, vermutlich der Hauseigentümer, warf einen skeptischen Blick in den Schrank und zog eine Augenbraue hoch. »Ist der klein, hat rote Haare und macht sich unsichtbar, wenn andere Leute kommen?«

»Oh, äh … ja … hehe. Witzig. Nein, nur die Schraube, na ja, egal – guten Tag. Martschinkowsky. Ich bin der Tischler … äh … Gehilfe.«

»Aha. Gut. Dann will ich Sie mal nicht weiter stören. Haben Sie schon die Spüle angeschlossen?«

»Ehm, nein. Wie ich schon sagte, ich bin der Tischler. Gehilfe. Um Wasseranschlüsse kümmert sich dann der Klempner. Gehilfe.«

Der Mann zog kritisch die Stirn in Falten. »Sie sind doch Handwerker.«

»Ja, schon, also so was in der Art, aber mein Aufgabenbereich beschränkt sich auf Holz. Am besten: gut geschliffenes Holz.«

»Aha. Aber den Sicherungskasten konnten Sie auswechseln?«

»Elektriker. Gehilfe.«

Der Mann schaute verwirrt. »Meine Frau sagte, Sie hätte die Handwerker bestellt, folglich gehe ich davon aus, dass Sie, da Sie hier sind, ein Handwerker sind.«

Ich nickte. »Ja, das ist durchaus richtig, aber Handwerker gibt es viele, und ich bin eben der Tischler. Gehilfe.«

»Wie viele von Ihnen soll ich denn hierherbestellen?«

»Das hängt ganz davon ab, wie viele Sie brauchen.«

»Das ist doch viel zu aufwendig, gibt es nicht einen, der alles kann?«

»Einen Fliesen verlegenden Elektro-Holz-Klempner? Gibt es sicherlich, wird aber keiner machen.«

»Wieso das denn nicht?«

»Na, angenommen ich würde Ihnen jetzt die Spüle anschließen, dann baut Ihnen vielleicht der nächste Klempner den Sicherungskasten um, und der Elektriker bastelt Ihnen einen Schrank. Dann wohnen Sie in einem Haus, das möglicherweise bald durch einen Kurzschluss in Brand gerät, der zwar immerhin durch das austretende Wasser unter der Spüle in Schach gehalten wird, aber Ihr Hab und Gut könnten Sie trotzdem nicht retten, weil der Schrank, in dem es liegt, nämlich nicht aufgeht. Daher: Schuster, bleib bei dem, was du dir leisten kannst.«

Der Mann seufzte frustriert. »Wollen Sie ein Bier?«

»Nein danke«, sagte ich, »ich muss hier noch 'nen Ding drehen«, und deutete auf den Schrank.

»Wissen Sie«, sagte der Mann, während er ein Bier aus dem Kühlschrank holte und sich an die nicht angeschlossene Spüle lehnte, »ich würde das eigentlich auch alles gern selbst können.«

»Verstehe«, sagte ich verstehend und verkroch mich wieder in den Schrank.

»Meine Frau sagt auch immer, dass es ihr lieber wäre, wenn sie nicht immer einen Handwerker rufen müsste, wenn irgendwas nicht stimmt.«

»Ja, hier stimmt definitiv was nicht«, sagte ich, wieder voll auf die Schraube konzentriert.

»Na ja«, sagte der Mann, »so schlimm ist das eigentlich nicht, nur … manchmal hab ich das Gefühl, es wird mehr von mir erwartet, als ich geben kann.«

»Vermutlich ist das Gewinde überdreht.«

»Ja, der viele Stress … Wissen Sie, eigentlich wollte ich auch immer Handwerker werden.«

»Okay. Also noch mal alles von vorne.«

»Na ja, mein Vater hat immer gesagt: ›Hans, aus dir soll mal was Vernünftiges werden!‹ und hat mir gedroht, wenn ich nicht Abitur machen und studieren würde, dann sei ich nicht mehr sein Sohn. Er wollte einfach nicht, dass sich jemand aus unserer Familie die Hände schmutzig macht.«

»Oha«, sagte ich, »das sitzt tiefer, als ich dachte.«

»Ja. Es … es ist, als ob da etwas wäre, gegen das ich beständig ankämpfen müsste.«

»Da scheint irgendwie ein Widerstand zu sein …«

»Genau. Und, wissen Sie, das Seltsamste ist, dass ich einfach keine Schraubendreher anfassen kann.«

»Hm. Vielleicht mal mit 'nem Akku-Schrauber probieren«, sagte ich und kam kurz aus meiner Ecke, um ebendiesen zu holen. Der Mann lag ausgestreckt auf der Arbeitsplatte und schaute an die Decke. Irritiert verkroch ich mich wieder in den Schrank.

»Daran hatte ich auch schon gedacht, aber es ist irgendwie mit allen Werkzeugen so. Ich habe Angst sie anzufassen.«

»Au! – Haben Sie zufällig Handschuhe im Haus?«

»Ja. Eine ganze Sammlung. Ich finde Handschuhe sehr faszinie… natürlich!«

Ich hörte ein Rumpeln, und der Mann verschwand aus der Küche. Kurze Zeit später tauchte er neben der Schranköffnung auf und strahlte mich an.

»Hier!«, sagte er und hielt seine Hände hoch. Sie steckten in seidenen Frauenhandschuhen.

»Äh … ich dachte eigentlich eher an …«

»Danke!«, unterbrach er mich. »Sie können jetzt gehen, ich brauche Sie nicht mehr, den Rest mache ich selbst.«

Er nahm in jede Hand einen Schraubendreher und wendete sich der nicht angeschlossenen Spüle zu.

»Öhm … okay«, sagte ich perplex und begann mein Werkzeug einzupacken. Als ich in der Tür stand, drehte ich mich noch einmal um. »Aber wenn ich Ihnen noch einen Rat geben darf: Nach lässig kommt nachlässig.«

Ich sehe was, was du auch siehst

Ich stehe in einem Club und führe mit einem Typen, den ich in der U-Bahn kennengelernt habe, einen Disput über die Dialektik bei Hegel per SMS. Plötzlich kommt eine Frau auf mich zugewankt und spricht mich an. Wobei »ansprechen« vielleicht nicht ganz richtig ist. Es ist mehr ein Anlallen. An sich kein Problem, geht mir ja auch nicht besser. Allerdings gibt es ein Problem: Sie lallt kaum Deutsch und sehr, sehr wenig Englisch. Deshalb verstehe ich überhaupt gar nichts. Ich versuche ihr das in verschiedenen Sprachen zu vermitteln. So unterhalten wir uns etwa zehn Minuten lang.

Irgendwann verstehe ich dann aber doch einen Satz, den sie die ganze Zeit wiederholt: »Wollen wir Freunde sein?«, fragt sie immer wieder. Ich erkläre ihr, dass ich das schlecht einschätzen könne, schließlich würden wir uns ja erst zehn Minuten kennen und hätten in der Zeit kaum ein vernünftiges Wort miteinander gewechselt. Sie schüttelt daraufhin den Kopf und fragt wieder, ob wir Freunde sein wollen. Ich erkläre ihr, dass ich das schlecht einschätzen könne, schließlich würden wir uns ja erst elf Minuten kennen und hätten in der Zeit kaum ein vernünftiges Wort miteinander gewechselt. Sie schüttelt den Kopf, setzt an, etwas zu sagen und geht weg.

Etwa eine halbe Stunde später taucht sie wieder auf, sagt irgendwas, das ich nicht verstehe, und fragt dann, ob wir Freunde sein wollen. »Ich hab keine Ahnung«, sag ich, woraufhin sie mir die Hand hinhält, eine Geste, die ich dankenswerterweise verstehe und ergreife. Als wir uns so die Hände schütteln, fragt sie, ob wir Freunde sein wollen. Ich gebe nach, nicke und sage: »Na gut, lass uns Freunde sein.« Eine Abmachung wie ich sie zuletzt mit elf oder so auf einem Spielplatz hatte. Meine neue Freundin sagt irgendwas und verschwindet wieder.

Eine weitere halbe Stunde später taucht sie abermals neben mir auf und sagt irgendwas, das ich nicht verstehe. Weil wir aber jetzt Freunde sind, nicke ich. Daraufhin schüttelt sie den Kopf, greift energisch meine Hände und schaut mir eindringlich, fast wütend in die Augen. Ganz langsam und überdeutlich sagt sie ein Wort, während sie mich mit einer Mischung aus Ungeduld und Hoffnung fixiert: »Facebook.« – In diesem Moment wird mir klar, was sie die ganze Zeit wollte. Sie hat sich in einem Club jemanden ausgesucht, ist auf ihn zugegangen und hat ihn angesprochen, um ihn zu fragen, ob er eine Facebook-Freundschaft mit ihr haben möchte. Beeindrückend.

Als ich entschuldigend den Kopf schüttle und sage: »Ich bin nicht bei Facebook, I'm not at Facebook, yo no estoy en libro de rostro, je ne no suis äh … pas chez livre de visage«, zeichnet sich in ihren Augen eine ungläubige Frage ab. In diesem Moment wird mir klar, dass Blicke mehr sagen können als tausend Worte. Und ihr Blick sagt: »Du bist nicht bei Facebook? WTF!«

»Tja. Sorry«, versuche ich mit einem passenden Blick zu erwidern.

»Das versteh ich nicht«, blickt sie. »Warum?«

»Das hat verschiedene Gründe«, blicke ich zurück, »zum einen interessiert es mich einfach nicht, was die Leute da so posten. Zum anderen bin ich der Meinung, dass Facebook die konsequente Fortsetzung des panoptischen Prinzips nach Foucault ist«, blicke ich, »er sah im Panopticon, einer Anlage, bei der es möglich ist, durch einen Turm in der Mitte einer kreisförmigen Anordnung von Zellen in jede einzelne Zelle zu schauen, ohne dass die Wächter dabei selbst gesehen werden, das Prinzip unserer Gesellschaft.«

Meine neue Freundin schaut mich verständnislos an. Ihr Blick sagt: »Und in diesem Turm soll nun Marc Zuckerberg sitzen, oder was?«

»Nein«, blicke ich, »das Prinzip läuft darauf hinaus, dass die Zelleninsassen dadurch, dass sie nicht wissen, ob sie beobachtet werden oder nicht, sich immer verhalten, als würden sie beobachtet, auch wenn die Wächter schon längst verschwunden sind. Dadurch wird dieses Verhalten zur Norm, die sie selbst reproduzieren«, sagt mein Blick, »die Gewohnheit der Macht. Über diesen Prozess verselbstständigt sich das Prinzip der Sichtbarmachung als gegenseitige Kontrolle der Subjekte untereinander, sie werden einander Wächter, Richter und Beobachtete in einem«, blicke ich, »Facebook ist sozusagen die freiwillige Sichtbarmachung der Subjekte, ohne dass es jemals einen Wächter gegeben hätte. Sie bezeichnen, klassifizieren und normieren ihre Kommunikation und geben ihre Meinungen, Vorhaben oder Erlebnisse dem beurteilenden Blick aller anderen frei, die nicht sanktionieren, sondern Gefälliges über eine entsprechende Währung – Likes – belohnen, um Ähnliches zu machen und ihrerseits belohnt zu werden, wodurch wiederum neue Normierungsprozesse eingesetzt werden«, erklärt mein Blick.

Die Frau wirkt verwirrt. »Du guckst so komisch«, sagt ihr Blick.

»Ich fürchte …«, setzt mein Blick an, sagt dann aber plötzlich: »Oh Scheiße, ich glaub, der Wodka will zurück hinter die Theke!«

Dahin geht er dann auch. Die Frau holt ihr Handy hervor und richtet die Kamera auf mich. Und mit ihr den Zugriff aller Facebook-Nutzer. Ihr Blick ist Legion.

Aber »Gefällt mir nicht«, gibt's da nicht.

Schland

Ich stehe anlässlich eines gewonnenen Deutschlandspiels auf einer stark befeierten Straße und verbrenne eine Deutschlandfahne. Plötzlich merke ich, dass ein kleiner Junge mit Fußballtrikot mir dabei zusieht.

»Warum tust du das?« fragt er.

»Äh …«, sag ich, »weiß nicht. Warum jubeln hier alle?«

»Weil Deutschland gewonnen hat«, sagt der Junge und schleckt an einem Schoko-Kirsch-Zitrone-Eis.

»Genau«, sag ich, »deshalb verbrenn… au!«, ich lasse die Überreste der Fahne fallen. »… verbrenne ich auch eine Deutschlandfahne. Weil das nämlich genauso wenig mit dem Spiel zu tun hat wie das Wedeln.«

»Aber wieso schwenkst du die Fahne denn nicht lieber?«, fragt der Junge.

Ich lächle, hebe den verkohlten Stab ohne Fahne auf und wedle damit in der Luft. »Nnjoa – *so* geht's«, kommentiere ich.

»Nein, nein, mit Fahne!«, ruft der Junge. »Du kannst meine haben!«

Er zieht ein Deutschlandfähnchen aus der Tasche.

»Ohhh – danke!«, sag ich und hole mein Feuerzeug aus der Tasche.

Der Junge zieht blitzschnell die Fahne weg. »Nich ankokeln!«

»Warum denn nicht?«, frag ich, meine Chance zum Gegenangriff witternd.

»Ehm …«, der Junge schiebt seine Zunge an die Nasenspitze, um besser denken zu können, »… weil Deutschland gewonnen hat!«

»Hör mal, Kleiner«, setzte ich erklärend an. »Wer da gewonnen hat, das waren der Bastian und der Phillip und der Lukas und der Thomas und der Mesut und wie sie alle heißen. Das haben die auch ganz toll gemacht. Aber das ist noch lange kein Grund hier mit dem Banner der ersten deutschen Seekriegsflotte herumzuwedeln, weißt du.«

»Aber Deutschland hat gewonnen!«, wiederholt der Junge. Ich erinnere mich daran, dass Wiederholung bei Kindern eine Art Argumentationsmuster darstellt.

»Wer hat gewonnen?«, frag ich.

»Deutschland.«

Ich schüttle den Kopf. »Nein, nein – gewonnen haben der Mesut und der Philipp und der Bastian und der Thomas und ein paar andere.«

»Deutschland«, wiederholt der Junge noch mal und strahlt. Immerhin hat er noch nicht gesagt …

»Wir«, fügt er hinzu.

Damn it. Ich gehe in die Knie, um auf einer Augenhöhe mit dem Jungen zu sein. Dann frag ich: »Wie heißt du denn, Kleiner?«

»Merlin«, sagt der Junge.

Ich klopfe ihm tröstend auf die Schulter. »Hör mal – Merlin. Würdest du sagen, wenn irgendein anderer Merlin, sagen wir den König-Arthus-Erzählwettbewerb gewinnt, dass ›wir‹, also alle Merlins, gewonnen haben?«

Der Kleine schaut mich verständnislos an. »Wieso ist mein Bruder König und nicht ich?«, fragt er.

»Okay, lassen wir das. Schau mal, Merlin, es geht einfach darum: Das Konstrukt der Nation und die damit einhergehende Ideologie der Nationalidentität unterstellt die Idee eines vermeintlich einheitlichen Volkes, welches sich angeblich durch spezifische Qualitäten auszeichnet und ein exklusives Gemeinwesen bildet, was immer auch eine Vorstellung des Anderen, Fremden von außerhalb mit sich bringt sowie individuelle Konkurrenzverhältnisse in seinem Inneren verschleiert, indem diese sich in der scheinbar harmonischen Gleichheit eines Kollektivs verflüchtigen, welches die Auflösung von Widersprüchen suggeriert, die es aber eigentlich stabilisiert, weißt du?«

»Ach so«, sagt Merlin, »gib mir mal das Feuerzeug.«

Die groben Unterschiede

Maurice und ich sind Vegangeln. Vegangeln ist wie Angeln, nur vegan: Man befestigt einfach ein Stück Brot am Ende der Angelschnur, und wenn der Schwimmer sich bewegt, weiß man, dass man einen Fisch gefüttert hat. – Maurice meinte, jetzt, wo er offiziell erwerbslos sei, müsste er ein angemessenes Hobby haben, und Angeln hätte seiner Ansicht nach Tradition unter geringverdienenden Berlinern.

Die Sache hatte nur einen Haken: den Haken. Fand ich. Das Problem mussten wir lösen. Also haben wir uns Angelzeug gekauft, sitzen in entsprechender Montur in unseren Angelstühlen an der Rummelsburger Bucht und füttern heimlich Fische.

»Das Lustige ist«, sag ich und knete ein neues Brotstück um meine Schnur, »dass bei uns zehnmal mehr Fische anbeißen als bei den richtigen Anglern.«

»Jep«, sagt Maurice, »bei mir hat sich auch schon wieder der Schwimmer bewegt.« Er grinst und holt seine Schnur ein, um neues Brot dranzukneten.

»Ihr habt aber auch kein Glück, was?«, ruft ein anderer Angler herüber, der ein paar Meter entfernt sitzt. »Die lutschen euch ja immer nur den Köder vom Haken.«

»Nein, nein, das hat alles seine Richtigkeit!«, ruf ich zurück, »läuft alles nach Plan.«

»Vielleicht habt ihr den Köder falsch angebracht.«

»Das passt schon!«

»Soll ich euch ma zeigen, wie man 'nen Köder richtig anbringt?«

»Nein, danke, wir sind sehr zufrieden mit dem, was hier passiert.«

»Ihr könnt das auch gern mal mit einem von meinen Ködern probiern, die sind ziemlich gut.«

»Das ist sehr nett, aber wir möchten lieber nicht.«

»Sonst kann ich euch den auch anbringen.«

»Nein, bitte nicht.«

»Das ist schnell gemacht.«

»Nein!«

»Dann fangt ihr vielleicht auch mal was.«

»Stop«, sagt Maurice als ich grade ein weiteres Mal den Mund öffne, um etwas zu erwidern. »Ich erkenne an deinem Einatmen, dass jetzt der Moment gekommen ist, wo du ansetzt, diesem hilfsbereiten Herrn einen überheblichen Vortrag über den moralischen Status von Tieren zu halten. Lass das.«

»Aber er muss doch wissen, was er falsch macht!«, protestiere ich. »Das ist doch auch nett von mir.«

»Oder ihr probiert mal einen anderen Haken«, ruft der Angler. »Auf was sitzt ihr denn an?«

»Ich denke nicht, dass er das wissen will«, sagt Maurice, »sonst säße er vermutlich nicht hier. Oder es ist ihm scheißegal, dann interessiert es ihn aber auch nicht, was du zu sagen hast.«

»Ja, aber das kann er vielleicht erst dann entscheiden, wenn ich mit ihm gesprochen habe«, erwidere ich.

»Für Karpfen nehm ich ja immer so'n Sechser. Obwohl 'n Kollege immer sacht: ›Achter!‹ Aber ich muss sagen, ich bin mit den Sechsern ganz zufrieden!«

»Maik – du hast sicherlich ganz tolle Argumente, aber das ist noch lange kein Grund von einem moralisch überhöhten Standpunkt ungefragt auf diesen netten Herren herniederzupredigen. Denn dadurch würdest du ein habituelles Distinktionsmerkmal hervorkehren, an dessen Grenzen er mit seinem kulturellen und sozialen Kapital notwendig scheitern muss.«

»Hast du grade auf sehr umständliche Art gesagt, dass der Mann dumm ist?«

»Nein, das habe ich nicht.«

»Doch, das hast du. Ohne ihn zu kennen. Du überhebliches Arschloch«, sag ich und hole meine Angel ein, um ein neues Brot zu befestigen.

»Na, schon wieder nichts!«, ruft unser Anglerkollege. »Aber wenigstens bewegt sich bei euch was, bei mir kommt heut gar nix. Weiß auch nicht, was da los ist. Nich mal 'ne Plötze, sonst …«

»Nein, ich habe gesagt, dass du ihm durch einen moralischen Vortrag, den du aus dem Nichts über ihn ergießen würdest, klar machtest, wo du stehst und wo er steht. Er nämlich auf der Seite eines primär durch ökonomische Zwänge und einfache Vergnügungen bestimmten Teils der Gesellschaft, du hingegen auf der Seite eines höher gebildeten, Norm generierenden Teils, welcher sich Differenzierungen leisten kann. Du würdest eine soziale Asymmetrie hervorkehren. Und zwar in seinem eigenen Wohnzimmer. Damit brichst du quasi in seinen soziokulturellen Raum ein und pinkelst ihm auf den Lieblingsteppich.«

»Aha. Was hinter Nachbars Zaun passiert, geht mich nichts an, ja?«, frage ich schnippisch und werfe die Angel wieder aus.

»… aber um diese Zeit kann man eigentlich auch ganz gut auf Raubfische gehen. Vielleicht hättet ihr da mehr Glück – so oft wie ihr die Rute auswerft, könnt ihr ja auch gleich mit Blinker …«

»Jetzt tu doch nicht so, als würdest du mich nicht verstehen«, erwidert Maurice.

»Okay«, sag ich und überlege. »Also, es geht dir darum, dass sich spezifische Verhaltensweisen so wie auch Geschmack, Hobbys, Ernährungsweise, moralische Werte und so weiter innerhalb bestimmter sozialer Gruppierungen und Milieus herausbilden, richtig?«

Maurice nickt.

»… na ja, ich glaub, bei mir wird das heut nix mehr. Ich mein', man muss halt auch wissen, wann Schluss ist …«

»Und obwohl alle daran Beteiligten von sich selbst glauben, es seien ihre individuellen Vorlieben oder einfach richtige Einstellungen, führen diese Unterschiede durch ihr Herauskehren zu Abgrenzungen der sozialen Schichten untereinander, wodurch der Status quo der Gesellschaft implizit bestätigt wird, so in etwa?«

Maurice nickt.

»… wie ich noch an der Uni gelehrt habe, hab ich das zu meinen Studierenden auch immer gesagt: Das Wichtigste ist eine gesunde Selbsteinschätzung. In diesem Sinne …«

»Und wenn du als gescheiterter Hobby-Fotograf und arbeitsloser Soziologe aus gutem Hause dir den Spaß des ironisch gemeinten Angelns machst, ist das über alle Kritik erhaben, ja?«

»… dann Petri Heil euch beiden noch!«, ruft der Angler und winkt uns.

»Ja, ja, gleichfalls!«, ruf ich, als ich bemerke, dass der Angler geht, und winke zurück. »Und besten Dank für die … äh … Ratschläge!«

»Man muss die Zusammenhänge von innen verändern«, fährt Maurice fort, «aber um zu etwas dazuzugehören, muss man sich dem eben auch erst mal anpassen. Sonst lassen sie einen nicht rein, verstehst du?«

In diesem Moment taucht ein neuer Angler auf und lässt sich nur wenige Meter neben uns nieder. Es handelt sich um einen uns als Türsteher bekannten Türsteher. Wir glotzen ihn unverhohlen an, weil er irgendwie zum Thema passt. Er ignoriert das, bereitet in aller Ruhe seine Angel vor, setzt sich hin und wirft die Schnur aus. Kaum dass der Schwimmer im Wasser gelandet ist, rufe ich: »Na, du hast aber auch kein Glück, was?«

Der Türmann schaut finster zu uns rüber.

Ich setze noch mal nach: »Suchst du dir die Fische auch ganz genau aus, die bei dir anbeißen dürfen?«

»Könntest du bitte aufhören, mit unserem vitalen Kapital zu spekulieren?«, sagt Maurice. »Insbesondere mit meinem. Nur weil der dich mal nicht in 'nen Club gelassen hat, musst du doch hier nicht gleich so eine Provo-Nummer fahren.«

»Mal?«, frag ich. »'nen Club? – Dieser tätowierte Kackpfosten hat mich noch nie in irgendeinen Club gelassen, wenn er davor stand.«

»Schau mal«, setzt Maurice an, »so Clubs haben ein Konzept. Und wenn jemand da rein will – muss er sich anpassen oder kommt eben nicht rein. Im Grunde müsstest du eigentlich sogar Verständnis dafür haben: Du willst mit deinem Veganismus doch auch einen moralischen Dresscode vorgeben.«

»Völliger Blödsinn!«, ruf ich. »Das ist doch genau andersrum – ich argumentiere mir einen ab und dann sagen die *Fleischesser* in Türstehermanier: ›Deine Argumente sind zwar gut und richtig, sie sind auch absolut verständlich und im Grunde nicht widerlegbar, aber: Es sind nur Argumente!‹ Das is wie bei dem Fish-Bouncer da vorne: Reden hilft nix.«

Maurice seufzt. »Du nimmst das alles viel zu persönlich. Weißt du, wie ich damit umgehe, wenn ich mal vom Club-Pförtner abgewiesen werde? – Ich schaue ihm direkt in die Augen, lege ein schiefes Lächeln auf und frage: ›Du weißt nicht wer ich bin, oder?‹ – Die Antwort ist meist, ›Das interessiert mich 'nen Scheißdreck, zieh ab‹, aber: Es gibt da diesen ganz kurzen Moment, in dem er für den Bruchteil einer Sekunde darüber nachdenkt, ob er nicht grade einen sehr dummen Fehler begeht. Und dieser Blick entschädigt für alles. Ich würde da gern eine Fotostrecke von machen und sie »trojanischer Zweifel« oder so was nennen. Aber ich weiß noch nicht so recht, wie ich das photographieren soll, ohne das Motiv zu zerstören …«

Ich schaue zum Türmann. Er blickt uns immer noch finster an.

»Du weißt nicht, wer ich bin, oder?«, frag ich.

Der Türsteher steht langsam auf, legt in aller Ruhe seine Angel ab und kommt auf uns zu. Entsetzt schauen wir ihm dabei zu. Er baut sich vor uns auf und mustert eine Weile unsere besorgten Gesichter. Dann fragt er: »Ihr wisst nicht, wer *ich* bin, oder?«

»Dass du aber auch nie weißt, wann Schluß ist«, sagt Maurice griesgrämig, als wir zehn Minuten später auf dem Heimweg sind.

»Woher sollte ich denn wissen, dass der neben seiner Tätigkeit als Türsteher auch noch Fischereiaufseher ist?«, sag ich, »ich mein', eigentlich haben wir ja nicht mal geangelt.«

Von Türen und Toren

Neben Diebstahl und Betrug gibt es zwei gängige Arten, Geldprobleme zu lösen: Indem man sich Geld leiht oder sich für Geld verleiht. Letzteres wird einem durch so genannte Leiharbeitsfirmen erleichtert. Einer solchen bot ich mich während des Abiturs mal an. Ich und auch ein Freund, der mir ziemlich viel Geld schuldete. Zumindest war das sehr wahrscheinlich, denn er schuldete eigentlich allen Leuten viel Geld. Unser Jobvermittler war ein lockerer Typ, der alles easy fand und meinte, wir wären bei ihm goldrichtig, denn er bräuchte genau so Jungs wie uns. Klang gut. Also vermittelte er uns für zwei Wochen einen Job in einer Firma zur Herstellung von Garagentoren, ganz lässiger Verein, einfache Arbeit, das beste was wir kriegen könnten, ganz viele junge Leute da, im Grunde so 'ne Art große Abiparty, super Bezahlung, da gäb es eigentlich gar keine Fragen mehr, das isses, hier der Vertrag, mal eben unterzeichnen, alles richtig gemacht, nächste Woche Montag geht's los, und dann sind die Geldprobleme Geschichte. Es war so easy, dass wir unser Glück kaum fassen konnten.

Als wir dann aber das erste Mal bei unserem neuen Arbeitsplatz auftauchten, konnte unsere Fassung kaum glücken. Wir fanden uns, Punkt sieben nach Stechuhr, in einer gigantischen, neonbeleuchteten Montagehalle ohne Fenster wieder, in der es unglaublich laut war und nach jahrelanger, ununterbrochener Arbeit von Mensch und Maschine 24 Stunden am Tag, 7 Tage die Woche roch. Schwitzende Männer in Arbeitsmontur standen vor fremdartigen, funkensprühenden Maschinen, an denen sie in monotonem Rhythmus seltsam ritualartig anmutende Bewegungen vollzogen. Das Ganze hatte etwas von der Ork-Fabrik im »Herr der Ringe«-Film. Nur eben mit Neonlicht. Vereinzelt sah man einige Schüler mit gesenktem Haupt und leerem Blick an Maschinen stehen und ihre Geldprobleme in Geschichte verwandeln.

Das Erste, was geschah, war das, was in solchen Arbeitsverhältnissen immer geschieht: Wir wurden getrennt. Ich kam in eine Abteilung für – keine Ahnung, vermutlich Garagentore – und war zwei Vorarbeitern unterstellt, die scheinbar den gleichen Platz in der Hierarchie belegten, aber unterschiedlicher kaum hätten sein können: Einer, die Leute riefen ihn Hennich, war ein etwa 50-jähriger melancholischer Zeitgenosse, der still und versunken seine Arbeit verrichtete, wobei er in regelmäßigen Abständen zu einem immer gefüllt in seiner Nähe stehenden Kaffeebecher griff und mit trauriger Verträumtheit einige Schlucke daraus entnahm, als wären es Tränen, die er nach innen weinte. Trotz seiner melancholischen Erscheinung umgab ihn eine Aura von Gelassenheit und Souveränität, und in seiner ruhigen Art lag ein Respekt vor der Mitwelt, die ihm diesen auch gern zurückgab: Hennich war überaus beliebt. Die anderen Arbeiter grüßten ihn freudig, wenn er in ihrer Nähe durch die Gänge strich, immer wieder fand sich einer, der ihm einen neuen Becher mit Kaffee an den Arbeitsplatz brachte, belohnt durch das traurig-dankbare Lächeln Hennichs, das wie eine Segnung auf sie zu wirken schien.

Sein Kollege, Herr Bernus, war ganz anderer Natur. Er war etwa Anfang 30, trug im Gegensatz zu allen anderen Arbeitern ein Hemd, und stand praktisch immer unter Strom. Ich habe im Leben nie wieder jemanden getroffen, der sich so oft und in so einer Geschwindigkeit umschaute. Wie ein Vogel bewegte er in kurzen, ruckartigen Bewegungen immerzu den Kopf, um weiß der Himmel was im Auge zu behalten. Dann und wann tauchte er hinter irgendeiner Maschine auf, inspizierte mit einigen Kopfbewegungen die Lage, gurrte vor sich hin und verschwand wieder, um kurze Zeit später hinter der nächsten Maschine aufzutauchen. Zwischendurch eilte er zu seinem Kollegen Hennich, um irgendetwas zu besprechen, was von diesem meist nur mit einem wohlüberlegten Nicken oder Kopfschütteln beantwortet wurde, ohne dass er dabei den Blick von der Arbeit nahm.

Die Arbeit, die mir zu Beginn vom traurigen Hennich zugeteilt wurde, war, na ja, einfach: Löcher in markierte Punkte einer Metallleiste bohren. Beziehungsweise von der Maschine bohren lassen. Das ging soweit ganz gut und hätte sich bestimmt zwei Wochen durchhalten lassen, wenn nicht die Gesamtatmosphäre innerhalb der Fabrik einerseits sowie Herrn Bernus' ständige Kritisiererei an meiner Quote andererseits dafür gesorgt hätten, dass ich mich innerhalb kürzester Zeit völlig überfordert fühlte. Meinem Freund ging es nicht viel besser, also riefen wir nach drei Tagen beim Jobvermittler unseres Vertrauens an und sagten, dass wir es uns anders überlegt hätten und lieber doch kein Geld verdienen wollten.

»Kein Problem«, sagte der Jobvermittler, »dann überweisen Sie doch einfach den finanziellen Verlust durch Ihren Arbeitsausfall innerhalb der nächsten Tage auf unser Geschäftskonto. Haben Sie die Nummer?«

»Äh … was?«, fragte ich verdutzt.

»Na, das steht doch im Vertrag. Wenn Sie das Arbeitsverhältnis vorzeitig beenden, sei es aus Krankheit oder Faulheit, haben Sie den Betrag zu erstatten, welchen wir für die Bereitstellung Ihrer Arbeit von der betroffenen Firma erhalten hätten.« – Ich konnte hören, wie der Vermittler sein verbindliches Lächeln lächelte, während er das sagte.

»Moment«, meinte ich, »soll das heißen, wenn wir jetzt kündigen, bezahlen wir Ihnen das, was wir von unserem Stundenlohn an Sie abgezwackt hätten, trotzdem, obwohl wir nicht arbeiten?«

»Genau!«, hüpfte die Stimme des Vermittlers durchs Telefon.

»Ehm … und wenn wir Ihnen Ersatz schicken?«

»Ach, machen Sie sich darum mal keine Sorgen. Wenn Sie ausfallen, schicken wir eben jemand anderen an Ihrer Stelle, es gibt ja schließlich genug Leute, die ernsthaft Geld verdienen wollen.«

»Wie, das heißt, wenn wir kündigen, kriegen Sie trotzdem unser Geld und dazu noch das Geld von den Leuten, die Sie als unseren Ersatz schicken?«

»Ich schätze kluge junge Männer!«, sagte der Vermittler. »Kann ich sonst noch was für Sie tun, oder wollen Sie lieber den Sonnenschein genießen?«

Wir genossen den Sonnenschein nicht und gingen zurück nach Isengard.

Als ich am nächsten Tag grade dabei war, Löcher in eine Metallleiste bohren zu lassen, tauchte Herr Bernus hinter der Maschine auf und sagte: »So.«

Ich schaute ihn fragend an: »Wie, so?«

»Was?«, fragte Herr Bernus, als hätte ich was gesagt.

»Wie, so. Also nicht wieso, also schon auch, ja, aber jetzt eher so: wie, so?«

»Ach so«, sagte Herr Bernus, während sein Kopf kurz in verschiedene Richtungen ruckte und er mich mal mit dem einen, mal mit dem anderen Auge musterte, als würde ich aus verschiedenen Puzzleteilchen bestehen. »Wir müssen hier jetzt mal was umrüsten. Sie können solange Pause machen.«

Ich war perplex. Pause. Dieses Wort war unter dem erdrückenden Gefühl von Pflicht und Ausweglosigkeit zu einer Art Diamant in meinem Kopf geworden: selten, kostbar und Grund für ausufernde Konflikte. Ganz trunken von der Aussicht auf ein, zwei Minuten Sekundenschlaf wankte ich zu einem Stuhl, der aus mir unerfindlichen Gründen in der Nähe stand, setzte mich hin und schloss seufzend die Augen. Es dauerte nicht mal eine Sekunde, bis ich sie wieder öffnete, weil Herr Bernus neben mir stand.

»Was tun Sie da?«, fragte er mit einer Mischung aus Skepsis und Unglaube.

»Äh … Pause«, sagte ich unsicher.

»Ja, aber doch nicht so!«

»Wie, nicht so?«, fragte ich.

»Na mit Hinsetzen und so.«

»Aber Sie haben doch gesagt …«

»Ich habe gesagt, Sie können Pause machen. Ich habe nicht gesagt, Sie können sich hinsetzen. Und auch noch die Augen zumachen, meine Güte!«

»O… okay, aber ich dachte, das wäre jetzt schon … also in einer Pause …«

»Nein, ist es nicht. Das sieht ja aus, als hätten Sie nichts zu tun.«

»Ehm … aber ich habe ja grade auch nichts zu tun.«

Der Vorarbeiter ruckte ungeduldig mit dem Kopf, »Ja, aber deswegen müssen Sie noch lange nicht so aussehen, als wenn Sie nichts zu tun hätten.«

»Das hab ich noch nie verstanden«, sagte ich in einem Anflug von Aufbegehren, der aber eigentlich nur Überforderung war.

»Stehen Sie auf!«, forderte Herr Bernus nun mit einem gewissen Nachdruck, der mich in die Höhe schnellen ließ. »Sie werden hier nicht dafür bezahlt, dass Sie so aussehen, als hätten Sie nichts zu tun. Wenn Sie nichts zu tun haben, sehen Sie wenigstens so aus, als wenn.«

»Moment«, sagte ich, »heißt das, ich werde hauptsächlich dafür bezahlt, dass ich so aussehe, als wenn ich was zu tun hätte?«

Herr Bernus blickte sich erschrocken um, als fürchtete er, jemand könnte unser Gespräch belauscht haben. »Wir bauen die Maschine um, dann haben Sie wieder was zu tun!«, sagte er und verschwand gurrend hinter einem Regal.

Ich stand neben dem leeren Stuhl und versuchte beschäftigt auszusehen. Dabei musste ich gegen den Drang ankämpfen, die Hände in die Taschen zu stecken, was, wie ich noch von meinem Praktikum als Dachdecker wusste, so aussieht, als wenn man nichts zu tun hätte. Diese Minuten dort neben dem Stuhl zu stehen, nichts zu tun zu haben und dabei möglichst aktiv zu wirken, waren eine der philosophischsten Erfahrungen, die ich je gemacht habe. Ich glaube, damals, in diesem Moment, als ich so über meine Situation nachdachte, wurde der Grundstein zu 24 Semestern Philosophiestudium gelegt. Denn Denken beginnt dort, wo ein Widerspruch sich zeigt. Oder so ähnlich. Zumindest war ich irgendwann mit der Aufgabe, nichts zu tun und doch beschäftigt zu wirken, tatsächlich sehr beschäftigt. So sehr beschäftigt, dass ich gar nicht merkte, wie die Zeit verging. Irgendwann jedoch sah ich Hennich in seiner bedächtigen Art auf mich zukommen. Da ich das Gefühl hatte, noch nicht fertig zu sein mit meiner Aufgabe des beschäftigten Nichtstuns, machte ich weiter. Hennich blieb vor mir stehen, nickte anerkennend, nahm einen wehmütigen Schluck aus seinem Kaffeebecher und – stellte ihn mir auf den Kopf. Dann ging er ebenso verschwiegen weg, wie er gekommen war. Das verwirrte mich, aber den Becher ließ ich sicherheitshalber stehen. Irgendeinen Sinn würde das schon gehabt haben. Zumindest nicht weniger als alles andere, was rundherum so passierte, fand ich. Einige Zeit später sah ich auch Herrn Bernus an mir vorbeitapsen. Er blieb kurz stehen, beäugte mich in seiner fragmentierten Art mit dem einen wie dem anderen Auge, gurrte zufrieden und tapste weiter. Ich dachte darüber nach, und mir wurde klar, was passiert sein musste: Ich wirkte durch meinen Versuch, nichts zu tun und dabei beschäftigt auszusehen, derart eingebunden, dass ich innerhalb der undurchschaubaren Vorgänge des Betriebs praktisch unsichtbar geworden war. Der Einzige, der das zu blicken schien, war Hennich, was er mir mit seiner Aktion wohl auch zu verstehen geben wollte: Wenn die Leute denken, dass du hier etwas tust, ist es egal, ob das sinnvoll ist oder nicht. Hauptsache du tust etwas.

So vergingen die letzten anderthalb Wochen auch recht annehmbar. Ich kam jeden Morgen punkt sieben nach Stechuhr in den Betrieb, stellte mich auf meinen Platz neben dem Stuhl und versuchte mir vorzustellen, wie man sich wohl Nichts vorzustellen hat, eins durch null zu teilen oder ähnliches. Regelmäßig kam Hennich vorbei und stellte mir nachdenklich einen Kaffeebecher auf den Kopf, oder Herr Bernus beäugte mich kritisch und befand, dass ich wohl zu tun hätte. In den letzten Tagen wagte ich es sogar, herumzulaufen und dabei beschäftigt auszusehen – eine Fähigkeit, die mir beim Zivildienst noch viel einbrachte. Nach zwei Tagen beschäftigten Herumlaufens und Nichtstuns begannen einzelne Arbeiter mich freudig zu grüßen. Und am letzten Tag, ja am letzten Tag fragte mich sogar einer, ob er heute außer der Reihe mal etwas früher gehen dürfe. Natürlich durfte er das. Und ich bin sicher: Wenn ich noch ein bisschen länger geblieben wäre, hätte ich die Betriebsleitung ganz übernommen.

Krieg' den Palast

Eng verkeilt wuseln Massen an Leibern und bewegen sich wellenartig von der einen zur anderen Seite oder kippen wie auf ein unsichtbares Kommando nach vorne und hinten. Ich nutze die kurzen Pausen dazwischen, um weiter nach vorne zu kommen, quetsche mich an zwei Brechern vorbei, schiebe etwas unfair eine kleinere Frau weg, ernte dafür einen berechtigten Ellenbogenstoß, aber drücke mich weiter durch. Irgendeine Flüssigkeit läuft mir über den Rücken. Egal, nach vorne, einfach nur weiter nach vorne, denke ich, wie vermutlich alle anderen auch. Immer wieder muss ich die Hände heben, wenn jubelnde Leute über mich hinweg crowdsurfen, oder bin gezwungen kurz mitzuwogen, wenn die Masse wieder einem unsichtbaren Impuls folgt, um mich anschließend weiter durch das Gewirr von Armen, Köpfen und Leibern zu kämpfen.

Ich bin auf einer Wohnungsbesichtigung in Berlin-Kreuzberg. Da unsere WG, wie alles in Berlin, in nächster Zeit wegsaniert werden soll, wollten schon wir mal anfangen, uns Wohnungen anzuschauen. Ich weiß auch nicht, wie ich auf die Idee kommen konnte, hier erstens allein und zweitens pünktlich zu erscheinen, anstatt zwei Stunden vorher. Jetzt muss ich mich von ganz hinten durch die Schlange nach vorne kämpfen, wo ein Mann steht, der abwechselnd Mappen entgegennimmt und Zettel verteilt. Die Leute, die etwas abgegeben haben und dafür einen Zettel in die Hand gedrückt bekommen, werden von den Dahinterstehenden sofort hochgehoben und über die Masse davongetragen. Ich helfe, einen vor mir stehenden Typen hochzuhieven, und ploppe aus der Masse in den kleinen Circle-Pit um den Makler.

»Hallo«, sag ich, »ich würde gerne diese Wohnung mieten. Das heißt, eigentlich will ich das nicht, aber wer ertrinkt, bucht ja keinen Luxusliner, sag ich mal.«

Der Typ mustert mich mit einem Auge von oben bis unten, mit dem anderen behält er die Masse rundherum im Blick. »Haben Sie die Unterlagen dabei?«, fragt er.

»Äh ...«, sag ich, »eigentlich wollte ich mir die Wohnung erst mal angucken, bevor ich mich darum bewerbe. Ich gebe zu, das war vielleicht ein bisschen naiv.«

»Wie sind Sie denn dann hier reingekommen?«

»Ich kenne den Türsteher.«

Unten am Eingang stand ein Türsteher, der mich erst nicht vorbeilassen wollte. Als ich ihn dann aber gefragt habe: ›Du weißt nicht, wer ich bin, oder?‹, ist er ins Zweifeln gekommen und hat mich sicherheitshalber doch durchgelassen ...

»Was für Unterlagen bräuchte ich denn?«, frag ich.

»Na, das Übliche«, sagt der Makler, »Kopie des Personalausweises, Mietschuldenfreiheitserklärung, kostenpflichtige Schufa-Auskunft, Gehaltsnachweis der letzten drei Jahre, beglaubigte Erklärung des Steuerberaters über die Richtigkeit der Angaben, ein bereits angelegtes Kautionskonto mit drei Nettokaltmieten, eine Bürgschaft mit entsprechenden Gehaltsauszügen des Bürgen, eine Kopie von dessen Personalausweis sowie eine kostenpflichtige Schufa-Auskunft von dem Bürgen, ein polizeiliches Führungszeugnis von Ihnen und dem Bürgen, eine Erklärung der Bank, dass auf Ihr und das Konto des Bürgen regelmäßige Zahlungen eingehen, eine beglaubigte Kopie Ihres letzten Abschlusszeugnisses sowie eine Übersicht zum Familienstammbaum«, sagt der Mann und zuckt mit der Wimper.

»Oh!«, sag ich. »Gar kein psychologisches Gutachten. Das' ja kulant.«

»Ach so, ja, richtig, das psychologische Gutachten, das ist natürlich auch erforderlich. Und ein Umschlag mit sechs Nettokaltmieten Provision in kleinen nummerierten Scheinen selbstverständlich.«

»Ich dachte, die Vermietung wäre provisionsfrei.«

Der Mann lacht. »Wo haben Sie das denn gelesen?«

»Im Internet«, sag ich.

»Glauben Sie nicht alles, was im Internet steht«, sagt er, nimmt eine weitere Mappe von jemandem entgegen und drückt ihm einen Zettel in die Hand, woraufhin der Kandidat in die Massen gehoben wird.

»Und bis wann brauch ich das alles?«, frag ich.

»Na, die Unterlagen geben Sie mir jetzt, dann kriegen Sie so einen Zettel, wo die Angaben zur Wohnung draufstehen, und wir melden uns dann bei Ihnen, falls wir Interesse haben.«

»Darf ich den Zettel mal sehen?«, frag ich. Wider Erwarten drückt mir der Mann einen Zettel in die Hand, woraufhin ich sofort von hinten gegriffen werde. Ich kann die Greifer knapp abschütteln und lese den Zettel durch.

»Hier steht, das Wohnverhältnis ist auf ein Jahr befristet!«, rufe ich dem Mann zu, der grade eine weitere Mappe auf den riesigen Berg hinter sich legt.

»Ja«, sagt er und nickt, »der Senatsausschuss für nachhaltige Stadtentwicklung hat aufgrund der hohen Wohnungsnachfrage beschlossen, dass Wohnungen innerhalb des Stadtrings nur noch für ein Jahr vermietet werden dürfen, damit wieder mehr Bewegung in den Markt kommt.«

»Ah ja«, sag ich, »und Sie stehen dann jedes Jahr hier und kassieren sechs Monatsmieten Provision?«

»Das ist nur gerecht. Die Arbeit von uns Maklern wurde lange genug zu wenig gewürdigt.«

»Ja«, sag ich, »dieses Türenaufschließen, das wird oft unterschätzt.«

Empört schaut mich der Makler mit beiden Augen an und gibt versehentlich eine Mappe statt eines Zettels heraus, was zu einem kurzen Protestaufschrei führt, der aber schnell über den wogenden Massen verschwindet. »Genau das meine ich!«, ruft er. »Die Leute sehen immer nur den einen Teil unserer Arbeit. Der viel größere Teil bleibt den Leuten aber verborgen: Das Schreiben der Anzeigen, die Miete für den Anzeigenplatz, das Fahren von Haus zu Haus und … und … äh …«

»Die vielen Schlüssel?«, werfe ich helfend ein.

»Wir tragen die Verantwortung für einen reibungslosen Ablauf! Und die muss auch angemessen bezahlt werden!«

Ich nicke. »Jetzt wo Sie's sagen: Das sollten sich Krankenpfleger, Rettungsassistentinnen und Erzieherinnen das nächste Mal dringend vergegenwärtigen, bevor sie wieder über zu niedrige Löhne klagen!«

Der Makler zuckt unbeeindruckt mit den Schultern und wendet sich wieder dem reibungslosen Ablauf zu. Eine kleine Gruppe junger Studentinnen gibt grade gemeinsam eine Mappe ab und bricht in frenetischen Jubel aus, als sie einen Zettel erhalten. Während sie über die Masse weggetragen werden, sehe ich eine kleine Sektfontäne aufschäumen.

»Ich hätte da eine Geschäftsidee für Sie«, rufe ich dem Makler zu. »Sie könnten eine Castingshow machen, bei der man einen Mietvertrag in Berlin gewinnen kann. ›Krieg' den Palast‹ vielleicht. Und aus der zusammengecasteten WG lässt sich bestimmt auch noch was rausholen. ›Berlin Tag und gut Nacht‹ oder so.«

Der Makler dreht sich wieder genervt zu mir. »Wollen Sie jetzt Ihre Unterlagen abgeben oder nicht?«

»Nee, aber ich wollte Ihnen das hier zurückgeben«, ich reiche ihm den Zettel, den er mir ausgehändigt hatte, und grinse. Kurz schaut er mich noch skeptisch an, dann wird er von den Leuten hochgehoben und über die Menge davongetragen.

Unter dem Kardamond

Ich sitze in der Küche und spiele mit Gewürzbehältern und -behälterinnen. Lillith kommt rein, und schaut mir eine Zeit lang dabei zu, wie ich einige Gewürzstreuer – und -streuerinnen – hin und her schiebe.

»Was machst'n?«, fragt sie.

»Ich schreibe einen Fantasyroman«, sag ich.

Lillith nickt, schüttelt gleichzeitig den Kopf und fängt dann an, sich einen Tee zuzubereiten. Nach einer Weile dreht sie sich doch wieder um.

»Okay, sag es«, sagt sie.

»Was?«, frag ich.

»Weißt du, ich wollte dich so etwas eigentlich gar nicht mehr fragen, weil ich ahne, dass die Antwort irgendwie seltsam sein wird, aber was zur Hölle hat das mit unseren Gewürzen zu tun?«

»Na ja«, sag ich, »mir ist aufgefallen, dass Gewürznamen sich super für einen Fantasyroman eignen. Pass auf: Das hier«, ich hebe einen Streuer hoch, »ist der junge Koriander aus Curcuma, der Held unserer Geschichte. Er verlor seine Eltern bei der Schlacht von Garam Masala und wurde daraufhin von umherziehenden Galganten aufgenommen. Bei ihnen lernte er die Kunst des Safran und war auf dem besten Wege, ein mächtiger Harissa zu werden. Er liebstöckelte mit der zauberhaften Cayenne und alles war in Butter. Doch dann fiel der finstere Drache Estragon über den Stamm her und tötete die arme Cayenne. Das verbitterte Koriander gar sehr und er zog auf Rache sinnend durch die Lande Majorans.

Eines Tages erfährt er durch das Oreganakel von Cumin, dass es auch Estragon gewesen war, der seine Eltern filetierte, und dass dieser unter der Herrschaft des hinterlistigen Thymian stehe, dem eifersüchtigen Halbbruder des Vaters von Koriander, welcher von der Familie immer wie eine Pimpinelle behandelt wurde, aber nun versuchen wollte, die Weltherrschaft an sich zu reißen. Er kontrolliere den Drachen Estragon durch Kerbel, eines der mächtigen Zwillingsschwerter, welche, wenn sie beide vereint, ihren Träger unbesiegbar machen. Koriander müsse sich alsbald, und zwar ein bisschen piri piri, auf die Suche nach dem zweiten der Zwillingsschwerter begeben, dem Schwerte Dill, aus den Kräutern der Provinz, und dieses finden, bevor Thymian es täte.

Koriander schart einen Haufen treuer Gefährten und Gefährtinnen um sich, als da wären: Kalmus, ein verstoßener Muskat aus dem Hause Tandoori, Stevia, eine mächtige Hexe von den Teufelskrallen, und Ras el Hanout, ein Waldmeister aus Ysop. Zusammen erleben sie allerlei pikante Abenteuer und könnten schlussendlich die Lorbeeren süßer Rache einstreichen, wäre da nicht Anis Ajowan …

›Unter dem Kardamond‹, eine geschmackvolle Geschichte mit der richtigen Mischung aus Schärfe und Sanftheit, mit einem exotischen Duft von Weltliteratur. – Der interessante Auftakt zur IngWar-Trilogie. – Wie findest du das?«, frag ich.

Lillith blinzelt. »Es fehlt ein bisschen Salz«, sagt sie.

Punk is Dad

Ich sitze in der U-Bahn und habe schlechte Laune. Ich fahre immer U-Bahn, wenn ich schlechte Laune habe. Irgendwie gehört sie da hin. An einer Haltestelle steigen drei Jugendliche ein, zwei junge Frauen und ein noch jüngerer Typ, die punkig aussehen. Zumindest haben sie bunte Haare und Aufnäher, auf denen steht »I love Punk«, »Punk. Punkt.« und natürlich: »Punx Not Dead!« Sie platzieren sich um mich herum. Die eine Frau nimmt einen tiefen Schluck aus einer Flasche mit kaltem Glühwein, rülpst und schaut mich an.

»Schenkste mir Kleingeld?«, fragt sie.

»Sorry«, sag ich, »hab grad kein Kleingeld.«

»Ich nehm auch Großgeld«, sagt sie. Alle drei lachen.

»Tut mir leid, das kann ich selber ganz gut gebrauchen«, sag ich, versuche zu lächeln und hole meinen MP3-Player raus, um nicht mehr so viel von der Welt um mich herum mitzubekommen.

»Dann nehm ich das da«, sagt die Frau und deutet auf den Player. »Schenkste mir das?«

»Ich kann leider auch kein Geld scheißen«, sag ich.

Die Frau deutet noch einmal auf meinen Player: »Geldscheißer!«, ruft sie. Der Typ deutet auf meine Schuhe: »Geldscheißer!« Die andere Frau deutet auf meine Hose: »Geldscheißer!« Der Typ auf meinen Rucksack: »Geldscheißer!« So geht es eine Weile lang weiter, bis sie alles durch haben, was ich so an mir trage.

»Was?«, frag ich, und nehme den Stöpsel aus dem Ohr.

»Geldscheißer!«, sagen sie im Chor. Ein bisschen erinnern sie mich an Papageien: Drei lustige, bunte Vögel, die immer dasselbe Wort wiederholen: *»Geldscheißer, krah krah«*

Ich denke mit bitterer Nostalgie an den Moment zurück, als mein abgeschnittener Iro ins Waschbecken rieselte, und spüre plötzlich eine Art pädagogischen Ärger in mir aufkeimen.

»Hört mal«, sag ich mehr oder weniger väterlich, »bunte Haare und Schnorren machen noch keinen Punk, Kinder.«

»Oh, er ist nicht nur ein Geldscheißer, sondern auch noch ein Klugscheißer!«, ruft der Typ.

»Ja, 'n kluger Geldscheißer!«, ergänzt die andere Frau. Alle drei lachen.

»Kennt ihr den Unterschied zwischen linksintellektuellen Mittelschichts-Klugscheißern und als Punk verkleidetem, selbst gewähltem Mittelschichts-Lumpenproletariat?«

»Is mir scheißegal!«, sagt der Typ.

»Genau«, sag ich und grinse.

»Willste uns verarschen, Geldscheißer?«, rotzt die Frau.

»Nee, das macht ihr schon selber«, sag ich. »Ma im Ernst, ihr seid doch nich punk, ihr seid lediglich das Janusgesicht der Bourgeoisie. Ihr schaut einfach immer nur in eine andere Richtung und lasst euch durch die von euch angeblich so verachtete Bürgerlichkeit diktieren, welche Richtung das ist. Nämlich weg.«

»Laber uns nicht zu, Geldscheißer!«, schnauzt der Typ.

»Und diese eure Rolle als Arschloch der Bourgeoisie hält euch davon ab, einen eigenen Entwurf zu machen, wie es irgendwann mal mit der Idee des Punks angestrebt wurde.«

»Haste was gesagt?«, fragt die zweite Frau. »Ich hab nur bla bla verstanden.«

»Na gut«, ich seufze. »Habt ihr zufällig ›Die Schatzinsel‹ gelesen?«

»Nee, weißte, wir sind zu dumm zum Lesen, Geldscheißer«, sagt die Frau.

»Ach so, ja, sorry«, sag ich, »›Die Schatzinsel‹, das ist ein Roman. Ein Roman ist ein Buch. Es geht um einen Ritter, der immer gegen Windmühlen kämpft und letztlich allein auf einer Insel strandet, wo alle viel kleiner sind als er. Da gibt es so einen Papagei, der sitzt auf der Schulter eines Piratenkapitäns und sagt immer: ›Peaces of eight! Peaces of eight! Ich will Gold, krah!‹ Und wisst ihr, was mit diesem Papagei passiert ist?«

»Boah, Geldscheißer, halt einfach die Fresse, mir reicht's!«, sagt die andere Frau und nimmt einen Schluck kalten Glühwein.

»Der ist an einem Goldstück erstickt«, sag ich.

»Und was willste uns damit sagen?«, fragt der Typ, während er die Flasche Glühwein ansetzt. »Dass wir kein Geld essen sollen. Da wär ich ja nicht drauf gekommen, danke, großer, kluger Geldscheißer. Solltest Indianer werden.«

Ich greife ihm die Flasche vor der Nase weg und nehme einen tiefen Schluck. »Was ich damit sagen wi… buäh, das ist ja widerlich!«

Ich nehme noch einen Schluck. »… dass, wenn ihr bekommt, was ihr wollt …«, ich kotze den dreien vor die Füße.

»Iiegitt, Alter!«, rufen sie und rennen zur anderen Seite des Wagens.

»Spießer«, murmle ich, wische mir mit dem Ärmel die Kotze aus den Mundwinkeln, zünde mir eine Zigarette an und nehme noch einen Schluck Glühwein. Da haben sie jetzt aber was gelernt. Ich werde bestimmt ein guter Vater.

High Noon

Ibrahim, mein Chef in der türkischen Pizzeria, in der ich mal eine Zeit lang jobbte, hatte eine Eigenschaft, die ihn von anderen Chefs, gegen die ich gearbeitet habe, deutlich abhob: Er erklärte einem immer, warum man etwas tun oder lassen sollte. Dann sagte er zum Beispiel so etwas wie: »Maik abi. Weißt du, warum Europäer in Laufe der Geschichte so mächtig geworden sind? – Weil das Wetter hier so scheiße ist. Da wird den Leuten langweilig. Wenn warme Sonne ist, sind die Leute zufrieden. Aber wenn du wegen Regen die ganze Zeit in eine Hütte sitzen und dich langweilen musst, machst du komische Sachen. Dann fängt einer an, so Metall zu verbiegen, und hat plötzlich Kühlschrank erfunden. Dann denken andere: ›Hey, brauch ich auch einen Kühlschrank!‹ und kaufen sich auch einen Kühlschrank. Dadurch wird das Wetter noch beschissener, vom ganzen FCKW, Europäern wird noch langweiliger, und irgendwann erfindet einer Atombombe oder so was. – Also machst du jetzt besser Schluss mit Pause, ist nämlich gefährlich.«

Auch wenn seine Erklärungsmodelle bisweilen etwas simpel erschienen, bestachen sie doch meist durch ein charmantes Fünkchen Wahrheit. Dass Langeweile der eigentliche Motor der Zivilisation war, zum Beispiel, klingt überzeugend. Ich kann ihn mir gut vorstellen, den Menschen, der das Feuer erfand, wie er eines miesen Tages mit seiner Sippe in der Höhle rumhing, gelangweilt zwei Stöckchen aneinandergerieben hat und SWUSCH stand seine üppige Körperbehaarung in Flammen. Da dachten alle »Geiler Scheiß!« und haben sich erst mal gegenseitig das Fell abgefackelt, bevor irgendwann jemand auf die Idee kam, dass man das ja auch mit Tieren machen könnte. Ich vermute auch, dass die ersten Steaks noch lebendig waren, als sie gebraten wurden. Weil's irgendwie spannender war.

Die epochalste Erfindung aus Langeweile war aber sicherlich Arbeit. Das wusste ich aus eigener Anschauung, schließlich hatte ich mal in einer Montagehalle für Garagentore gearbeitet.

Das Wort »Arbeit« hat seinen Ursprung ja in der sympathischen indogermanischen Wortfamilie, aus der auch die Worte »Arm«, »Sklave«, »Not«, »Mühsal«, »Leid«, »Plage« und »Roboter« hervorgegangen sind. Lauter hässliche Kinder. Obwohl Roboter eigentlich noch ganz cool sind, zumindest, wenn sie tanzen oder ein kritisches Bewusstsein ihrer Lage entwickeln. Im Optimalfall beides. Aber das gilt ja auch für Menschen.

›Die Mittel zum Kampf gegen die Langeweile sind zum Kampf gegen die Langeweile der Mittel geworden‹, dachte ich einmal Pizza belegend vor mich hin, als Ibrahim um die Ecke geschlendert kam, ein Stück Wurst aus den Belagschalen fischte, es sich in den Mund steckte, mich nachdenklich anschaute und sagte: »Maik abi. – Bist du Kommunist oder so was und isst kein Fleisch. Warum arbeitest du eigentlich in meiner Pizzeria?«

»Ich brauch Geld«, sagte ich.

»Ja«, Ibrahim grinste und zuckte mit den Schultern, »aber kriegst du ja auch nicht.«

Ich hörte mit dem Pizzabelegen auf und schaute ihn an. Er war der mit Abstand ehrlichste Ausbeuter, den ich je kennengelernt habe. Ich weiß nicht, ob wir uns trotzdem oder deshalb so mochten. »Ich glaub, ich kündige«, sagte ich.

»Geht grad nicht, siehst du, kommt Kundschaft.– Geh lieber und mach Kundschaft fertig.«

»Mach doch selber«, grummelte ich.

»Ich bin Chef«, sagte Ibrahim und klaubte noch ein Stück Wurst aus der Schale, »ich sag anderen Leuten, was sie machen. Für Kundschaft bedienen bin ich nicht qualifiziert.«

»Wo is'n Sebil?«, fragte ich, »die ist doch eigentlich heute da vorne.«

»Weiß nich, vielleicht hat sie gekündigt und is kiffen gegangen. Machst du jet... – Ah. Warte mal. Is das nicht diese Frau von CDU, die bei Nachbarschaftstreffen immer so krass rechte Sachen redet, von wegen zu viele Türken und Araber in Kreuzberg und so?«

»Pfff ... ja, kann sein. War nie bei so einer Versammlung.«

»Was kommt die zu meinem Pizzaladen? Ist ein Türkenladen. Soll die doch zu Italienern gehen, in Dönerladen.«

»Hör doch mal auf mit diesen bescheuerten Zuschreibungen«, protestierte ich.

»Was Zuschreibungen? Die machen Döner!«

»Ich mein diesen ganzen Nationalitätenblödsinn.«

»Ah, stimmt, bist du Kommunist oder so was. Hast du kein Zuhause. – Aber dann kannst du ja auch nicht bedienen so Faschisten-Schläferin. Und ich kann die auch nicht bedienen, ich bin Türken-Chef«, überlegte Ibrahim. »Weiß ich nicht, was tun wir mit heimlichen Nazis, die Pizza wollen? – Wie geht man in Deutschland noch mal mit Nazis um?«

»Viele versuchen sie totzuschweigen«, sagte ich.

»Du meinst, wir sollen einfach so tun, als würden wir nichts merken?«, fragte Ibrahim. »Na, vielleicht klappt.« Er steckte sich noch ein Stück Wurst in den Mund und schaute an die Decke.

»Du könntest ihr auch einfach sagen, dass sie hier nichts kriegt«, schlug ich vor.

»Nee, nee«, Ibrahim schüttelte energisch den Kopf, »dann steht morgen in Zeitung, dass CDU-Frau von Migranten zusammengeschlagen wurde, und ich muss irgendeinen Test machen, ob ich noch gut für Deutschland bin oder so. Vergiss das.«

»*Ich* könnte ihr natürlich sagen, dass sie hier nichts kriegt, aber dafür bin ich ein bisschen schlecht bezahlt.«

»Na – wenn du machst, kriegst du Stück Pizza.«

»Witzbold«, sagte ich.

»Entschuldigung!«, rief die Frau von der Theke und winkte. Ibrahim und ich drehten uns gleichzeitig zur Pizza und fingen hektisch an sie zu belegen.

»Bok yemek«, flüsterte er, »jetzt hat sie uns gesehen.«

»Die hat uns die ganze Zeit gesehen«, flüstere ich zurück, »die hat nur auf den richtigen Moment gewartet. So sind die.«

»Gehst du jetzt und schenkst ihr ein Stück Pizza«, sagte Ibrahim plötzlich.

»Was?«, fragte ich entsetzt und ließ dezent die Wurstschale ins Waschbecken fallen.

»Entschuldigung, Sie mich hören, ich hätte gern Pizza!«, rief die Frau weiter.

»Gehst du hin, schenkst ihr Pizza, geht sie weg, denkt ›netter blonder Türke‹ und wir müssen nicht das Geld von rechte Psychopathin nehmen«, sagte Ibrahim. »Problem gelöst«, er grinste.

»Nee, nee, nee Abi«, protestierte ich. »Das kannste selber machen. Ich schenk so einer Bürgerrechten doch nicht meine mühsam belegte Pizza.«

»Vergisst du, ist meine Pizza. Machst du ihr eine schöne deutsche Pizza mit schwarz-rot-goldene Gemüse oder so und sagst … weiß ich … is Parteispende.«

Ich verschränke die Arme vor der Brust und reckte das Kinn vor: »Hayatta olmaz!«

»Versuchst du besser nicht Türkisch zu sprechen«, sagte Ibrahim. »Klingt scheiße. Geh jetzt lieber und schenk CDU langweilig Pizza. Jallah!«

»Hallo, ich würde gern bedient werden!«, rief die Frau, mittlerweile leicht rot im Gesicht.

»Kommt, kommt!«, rief Ibrahim. »Muss nur grad Kommunistenstreik niederschlagen. Haben Sie doch bestimmt Verständnis für.«

Die Frau schüttelte empört den Kopf und marschierte weg.

»Na super«, sagte Ibrahim, »hast du Chance verpasst. Da hättest du ihr zeigen können, wie nett Kommunismus oder so was ist. Jetzt musst du die langweilige Pizza selber essen.«

»Ich glaub, ich mach jetzt Feierabend«, sagte ich.

»Maik abi. Bist du Kommunist oder so was, willst du immer Feierabend machen. Aber musst du psychologisch denken: Wenn immer Feierabend ist, kriegen die Leute Angst, dass ihnen einer das Fell anzündet. Deswegen funktioniert Kapitalismus so gut, weil immer alle irgendwie beschäftigt sind: Die einen mit arbeiten, die anderen damit, die einen zum Arbeiten zu bringen, und der Rest damit, Arbeit zu suchen. Hat jeder was zu tun. Du zum Beispiel schneidest gleich neue Wurst und ärgerst dich darüber.«

Rude Boys

Es ist kurz nach acht. Aus allen Wänden kommt ein Geräusch wie beim Zahnarzt, wenn er einem ein Loch bohrt. Als ich mich durch die bebende Wohnung in Richtung Küche schleppe, wird das Geräusch noch ein bisschen lauter. Im Innenhof hört es sich an, als würde nach Öl gefrackt.

Ich versuche mir einen Tee zu machen, kann mich aber nicht konzentrieren, schütte das Wasser in die Teepackung, stelle die Tasse in den Wasserkocher und stecke das Thermometer in den Beutel. Nervös blinzle ich auf die Katastrophe.

›Agieren, nicht reagieren‹, rufe ich mir eine alte Kriegsweisheit in Erinnerung und mache mich auf in Richtung Hinterhof. ›Es ist also wieder soweit‹, denk ich, ›Langzeitstudenten-irgendwie-kreativ-Schluffi trifft auf Handwerker. El Clásico.‹

Als ich in den Hof komme, sehe ich einen einzelnen Arbeiter, der auf einem kleinen Baugerüst steht und einen Bohrer an genau der Stelle angesetzt hat, wo sich der Lärm statisch am besten über das ganze Haus verteilt. Er bemerkt mich nicht. ›Okay‹, denk ich, ›Maik, du bist Arbeiterkind. Du hast zwar studiert, zumindest formal gesehen, aber im tiefsten Innersten deines Herzens bist du immer noch der kleine Junge, der nichts in der Welt hat als seine kleinen dreckigen Händchen. Was du im Studium gelernt hast, ist reden. Das musst du nutzen. Im Grunde habt ihr auch immer noch den gleichen Stallgeruch, du und der Handwerker da. Du musst nur die richtigen Worte finden.‹

»Heda, folgsamer Soldat des Kapitals!«, rufe ich.

BRRRRRRRRRR

»He! Hallo! Hey!«

BRRRRRRRRRR

»Heeey!«, rufe ich noch lauter und winke mit den Armen. Der Arbeiter hört auf zu bohren und schaut auf mich herab. »Wat'n?«

»Könnten Sie vielleicht damit aufhören?«, frage ich. »Das wär total nett.«

Der Typ guckt mich an, als sei ich von einem andern Stern. »Ick hab doch grad erst anjefangen.«

»Ja. Ja, ja. – Aber oft ist weniger mehr.«

»Hörnse mal, ick hab echt noch viel zu tun. Erst muss ick noch 'n paar Löcher bohren«, er hebt den Bohrer hoch, »dann muss ick die Fensterbank hier wegmeißeln«, er hält kurz einen Meißel in die Luft, »wenn ick damit fertig bin, muss ich ein paar Stützsteine zurechtflexen«, er deutet auf eine Kreissäge am Boden, »und dann können wir endlich dit Jerüst weiter zusammenkloppen«, er wedelt mit einem Hammer. Ich fühle mich wie ein Gefangener der Inquisition, dem die Foltergeräte gezeigt werden.

»Ich gestehe«, sage ich.

»Wat?«

»Ich äh … ich möchte lieber nicht.«

Er lacht. »Na, dit hättense sich vielleicht überlegen sollen, bevor Se hierherjezogen sind.«

»Das war vor sieben Jahren!«, sage ich.

»Ja, dann hättense vielleicht früher ausziehen sollen, wat weeß ick. Ick mach hier nur meinen Job. Wennse selber keen haben, solltense zumindest nicht andere daran hindern, zu tun, wat se tun müssen, und in Ruhe ihre Arbeit machen lassen, ja?«

»Nein, nein«, sage ich lächelnd, »ich arbeite zu Hause. Ich bin Autor. Ich schreibe grade ein Buch über Arbeitsvermei… einen Roman über jemanden, der Amok läuft, weil er morgens immer von Baulärm geweckt wird. Wenn Sie hier rumbohren, damit andere Leute mehr Geld verdienen, kann ich mich nicht konzentrieren.«

»Ick arbeite hier, damit ick mehr Jeld verdiene.«

»Das ist Ihre Sicht der Dinge«, sage ich, »oder eben grade nicht.«

Der Arbeiter wirkt kurz irritiert, zuckt dann aber mit den Schultern, »Klärense dit mit der Hausverwaltung. Ick verdien' hier nur meine Schrippen.«

BRRRRRRRRRRRRRR

In mir steigt Wut auf. Meine Hände beginnen zu zittern. Meine Halsschlagadern schwellen an. ›Oh nein‹, denk ich, ›bitte nicht. Nicht jetzt.‹

Wenn ich mich ungerecht behandelt fühle, verwandle ich mich immer wieder in den Arbeiterjungen. In diesem Zustand handle ich impulsiv und unüberlegt und kann enorme Zerstörung anrichten. Ich versuche mich zurück ins Treppenhaus zu schleppen. Zu spät. Meine Haut verfärbt sich rot.

Mit einem lauten Schrei springe ich ans Gerüst und beginne daran zu rütteln.

»ALTER!!!«, brülle ich. »SIEH ZU, DASS DU DA RUNTERKOMMST, SONST KOMM ICH HOCH UND HOL DICH!«

Der Arbeiter lässt erschrocken den Bohrer fallen, kniet sich hin und klammert sich an die Holzbohle. Er bekommt einen ängstlichen Gesichtsausdruck, seine Haut wird blass. »Hey«, ruft er panisch, »was ... was ist denn los, wir können doch über alles reden, ich ... ich will echt keinen Ärger!«

»DAS HÄTTESTE DIR ÜBERLEGEN SOLLEN, BEVOR DU AUF DIESES GERÜST GESTIEGEN BIST!«, ruf ich und trete mit voller Wucht gegen das Gestänge. »KOMM DA JETZT RUNTER, DU PISSFLITSCHE!«

»Ich äh ... ich möchte lieber nicht«, stammelt der Arbeiter.

»Okay«, sag ich, »okay, okay!« Ich greife nach der Kreissäge.

»Ich ... ich hab dir doch überhaupt nichts getan«, ruft der Arbeiter mit gebrochener Stimme. »Bitte lass mich in Ruhe.«

Ich merke, dass die Säge noch nicht angeschlossen ist, finde aber ein paar kleine Steinbrocken.

»WAS, NICHTS GETAN?«, ruf ich und werfe einen Stein, der knapp vorbeigeht. »DU HÄTTST JA MAL FRAGEN KÖNNEN,

BEVOR DU IN UNSEREM HAUS RUMBOHRST!« Ich werfe noch einen Stein. Der trifft.

»Aua«, sagt das Opfer wehleidig und krümmt sich übertrieben zusammen. »Bitte aufhören. Lass mich das kurz erklären: Ich muss das doch machen!«

»HÖR AUF MICH ZUZUQUATSCHEN!« Ich werfe noch einen Stein, treffe aber wieder nicht und schaue mich nach neuer Munition um.

»Schau mal«, sagt der Arbeiter, »vielleicht können wir in einen konstruktiven Dialog treten und ...«

»Hab ich das grade richtig verstanden?«, frag ich lauernd. »Hast du grade gesagt, du willst mich treten?«

»Nein, nein!«, sagt er beschwichtigend. »In Dialog treten. Das heißt reden. Um einander zu verstehen.«

»Was verstehst du denn nicht?«, frag ich. »Bist doch 'n ganz Schlauer. Scheiß Gymnast.«

»Was hat das denn mit dem Gymnasium zu tun? Warum reagierst du denn so affektiv?«

»Na, komm runter, dann erklär ich's dir.« Ich lache.

»Hör mal, Wut ist doch nur die Angst davor, schwächer zu sein. Ehm ... Zorn ist ein voreiliger Diener.«

»ALTER!«, schreie ich noch aufgebrachter. »ICH LASS MICH HIER NICHT ALS DIENER BEZEICHNEN!«

Der Arbeiter seufzt. »Nein, nein – sieh mal, Gewalt ist doch keine Lösung.«

»KEINE GEWALT IST OFFENBAR AUCH KEINE LÖSUNG. ANDERS VERSTEHST DU ES JA ANSCHEINEND NICHT!«, ruf ich zurück und trete noch mal ans Gerüst.

»Na ja, aber es ... es gibt ja ein Gewaltmonopol«, ruft der Arbeiter, »damit solche Konflikte nicht eskalieren.«

Zwei Polizisten betreten den Hof. »Was ist hier los?«, fragen sie und schauen zwischen uns hin und her.

Der Arbeiter steht auf, klopft sich den Staub von der Hose und räuspert sich. »Na, der Kollege hier hat wohl 'n bisschen viel hinter die Binsen jekippt oder so«, er deutet auf mich, »hat mich hier die janze Zeit zujequatscht, keene Ahnung, wat der will. Ick mach hier nur meinen Job.«

Wir funkeln uns finster an.

»Ich habe den Herrn Handwerker zu fragen beabsichtigt, ob und inwiefern seine Produktionszeiten Lärmbelästigungen beinhalten, um mich demgegenüber gegebenenfalls darauf einzustellen«, sage ich.

»Na, Sie sollten schon andere Leute in Ruhe ihre Arbeit machen lassen«, sagen die Polizisten.

Meine Halsschlagadern schwellen an.

Pleb!

Chaot demaskiert!

Jedes Jahr am 1. Mai verwandelt sich Kreuzberg in ein Schlachtfeld des Exzesses. Schuld daran laut Polizei: »linksextreme Chaoten«. Aber wer sind diese Chaoten? Pleb! hat nachgefragt und unterhielt sich mit einem führenden Chaoten über das Berliner Top-Event.

Pleb!: *Guten Tag.*

Chaot: Hallo.

Pleb!: *Wo ich Sie so sehe: Chaoten tragen ja grundsätzlich Schwarz. Hat das etwas mit Trauer zu tun?*

Chaot: Sicherlich könnte das häufig zutreffen. Aber eigentlich handelt es sich bei der Standard-Kombi Kapuzenpulli, Cargohose und North-Face-Jacke schlicht um praktische Arbeitsbekleidung. So wie der Klempner seinen Blaumann trägt, so trägt der Chaot die entsprechende schwarze Kleidung, was zugleich signalisiert: »Ich bin auf Arbeit.«

Pleb!: *Wollen Sie damit sagen, der so genannte Schwarze Block dient gar nicht der Tarnung?*

Chaot: Nein, nein, der »Schwarze Block« dient keinesfalls der Tarnung. Im Gegenteil: Er soll der Polizei helfen, die aktionsorientierten Teilnehmer_innen von den weniger sportlichen Teilnehmer_innen zu unterscheiden, um Letztere zu schützen. Von Tarnung kann da wirklich nicht die Rede sein: Sich komplett in Schwarz und vermummt auf einer Demonstration zu bewegen, hat in etwa den Effekt, wie in grellrote Tücher eingehüllt auf einer Stierwiese herumzutanzen.

Pleb!: *Der Schwarze Block versteht sich also als eine Art Torero.*

Chaot: Das haben Sie gesagt. Ich sage nur: Zur Tarnung

müsste man sich anderer Mittel bedienen.

Pleb!: *Nämlich?*

Chaot: Die beste Tarnung innerhalb der kapitalistischen Gesellschaft ist ganz klar eine Ware. – Wenn man in entsprechender Arbeitskleidung, vermummt, die Taschen voller leerer Flaschen und Chinaböller mit einem riesigen »All Cops Are Bastards«-Aufnäher auf dem Rücken in die Nähe einer Versammlung kommt, stehen die Chancen recht hoch, nähere Bekanntschaft mit den so genannten BFEs, Beweissicherungs- und Festnahme-Einheiten, zu machen. Sobald man sich jedoch zusätzlich, sagen wir, die Verpackung eines Stabmixers unter den Arm klemmt, wird man praktisch unsichtbar. Da könntest du sogar mit einer kompletten Ritterrüstung rumlaufen. Solange dir die Stabmixerverpackung nicht runterfällt, wird dich niemand bemerken, weil alle denken, das is nur jemand, der grad einen neuen Stabmixer einkaufen war.

Pleb!: *Sie erwähnten die Festnahme-Einheiten der Polizei. Das bringt mich zu einer anderen Frage: Man kann ja auch ganz in Schwarz, vermummt, schwer bewaffnet und aktionsorientiert auf Demonstrationen herumlaufen und dafür sogar noch Geld bekommen. Warum sind Sie Chaot geworden und nicht Polizist?*

Chaot: Das fragt mich meine Mutter auch immer. Aber das ist ganz einfach: Als Polizist darf man nicht einfach nach Hause gehen, wenn man keine Lust mehr hat. Und dabei kein Bier trinken. – Wobei ich natürlich nicht weiß, wie das in der Praxis hinter den getönten Scheiben der Polizei-Bullis aussieht. Bei dem, was da so abgeht, kommt man schon manchmal ins Grübeln.

Pleb!: *Das mit dem Biertrinken wird ja seit einigen Jahren versucht einzuschränken, um die Ausschreitungen am Abend nüchterner anzugehen. Was halten Sie davon?*

Chaot: Ehrlich gesagt, verstehe ich diese ganze Aufregung um den 1. Mai generell nicht. Der 1. Mai in Berlin ist doch zu einem ernst zu nehmenden Wirtschaftsfaktor für die Stadt geworden: Während des Maifestes machen die Kioske und Cafés an einem Tag den Umsatz eines ganzen Jahres, die Deutsche Bahn karrt tausende Schaulustige in die Stadt, sämtliche Kreuzberger Hostels sind ausgebucht, private Reinigungs- und Sicherheitsdienste stellen für diesen Tag zusätzliche Arbeitskräfte ein, die Polizei probiert neue Taktiken und Arbeitsgeräte aus, Staats- und Privatanwält_innen legen Extraschichten ein, und über alledem hallt das quietschvergnügte Lachen der Glaser, die schon die passenden Fenster im Lager stehen haben. Also wirklich. Ich verstehe nicht, wieso sich die Leute so aufregen. Das erhält doch Arbeitsplätze.

Pleb!: *Und wo sehen Sie in einem solchen Zusammenhang Ihre Aufgabe als Chaot?*

Chaot: Am 1. Mai?

Pleb!: *Generell.*

Chaot: Puh. – Na ja, wissen Sie, manchmal geht es in der Politik ein bisschen zu wie auf der Rolltreppe: Rechts wollnse stehn, links wollnse gehen, aber viele überfordert das, und dann bleiben die einfach in der Mitte stehen. Also machen die im Grunde das Gleiche wie die Rechten, nur dass links auch keiner mehr vorbeikommt. Die einzige Möglichkeit, da wieder ein bisschen Bewegung reinzubringen, wäre eben, die Rolltreppe anzuhalten. Das kann man ja zumindest mal versuchen.

Pleb!: *Ist das nicht Terrorismus?*

Chaot: Ich würde das Anhalten einer Rolltreppe jetzt nicht als Terrorismus bezeichnen. Wobei ich die internen Definitionen des Verfassungsschutzes natürlich nicht kenne.

Pleb!: *Noch eine letzte Frage: Sind Sie am 1. Mai schon einmal festgenommen worden?*

Chaot: Ja, ich bin einmal dabei erwischt worden, wie ich die Fensterscheiben einer Polizeiwanne eingeschlagen habe. Was heißt »eingeschlagen«. Ich habe sie fachgerecht entfernt. Und was heißt »erwischt«. Die Polizist_innen hinter der Scheibe haben mir dabei zugesehen.

Pleb!: *Und was ist da passiert?*

Chaot: Na, ich wurde gebeten einzusteigen und später einigen anderen Kollegen vorgestellt. Dem Haftrichter zum Beispiel. Letztlich konnte ich die Aktion aber als Kunst-Performance geltend machen, in der es darum ging, symbolisch die Grenze zwischen Polizei und Staatsbürger_innen aufzulösen, durch welche die

Konflikte am 1. Mai überhaupt erst entstanden sind. Ich habe deshalb nur noch ein Verfahren wegen psychischer Belastung von Beamten bekommen.

Pleb!: *Tatsächlich?*

Chaot: Ja. – Und weil das so gut funktioniert hat, arbeitet ein Freund von mir auch grade daran, die gesamte revolutionäre 1.-Mai-Demo in Kreuzberg als Kunst-Performance anzumelden.

Pleb!: *Glauben Sie, so was könnte funktionieren?*

Chaot: Na ja, jeder kann das, was er oder sie tut, als Kunst deklarieren. Da kann man dann vielleicht sagen, es sei schlechte Kunst, aber nichts gibt einem das Recht zu sagen, es sei keine Kunst. Die Demo bräuchte halt nur einen passenden Namen. »Lieber ein Dach in der Hand als die Taube auf dem Spatz« oder so was.

Unangenehmnesie

Ich wache auf. Das Telefon klingelt. Oder andersrum. Ist auch egal. Beides ist schlecht. Jetzt bin ich wach. Wach sein impliziert Bewusstsein. Bewusstsein impliziert Leiden. Ich leide. Es geht mir wirklich sehr sehr schlecht. Also wirklich sehr, sehr, sehr, sehr schlecht. Und jetzt merke ich es auch noch. Ich habe so eine Ahnung, dass dieser Zustand was mit Rauschmittel-Intoxikation zu tun haben könnte, aber als ich versuche mich zu erinnern, merke ich, dass es mir dann noch schlechter gehen würde, also lasse ich das lieber. Das sind so Situationen, in denen man kurzzeitig den Wunsch nach Unsterblichkeit fahren lässt und sich ganz im Gegenteil wünscht, nie existiert zu haben, um einen solchen Zustand nicht ermög… Das scheiß Telefon klingelt immer noch. Ich hasse den Menschen, der dafür verantwortlich ist. Und ich hasse den Erfinder des Telefons. Überhaupt hasse ich Menschen. Der Klingelton verrät mir, dass es sich bei dem Anrufer um ein besonders hassenswertes Subjekt handelt. Maurice. Unter großen Qualen schleppe ich mich ans Telefon.

»Ich habe nur Verachtung für dich übrig«, sag ich.

»Guten Morgen«, sagt Maurice, »es ist 17.43 Uhr, und ich dachte, das ist ein guter Zeitpunkt, dir zum gestrigen Abend zu kondolieren. Geht es dir gut?«

»Nein.«

»Das überrascht mich nicht. Wie viel weißt du noch?«

»Weiß ich nicht. Ich möchte mich eigentlich auch nicht erinnern. Ändere daran bitte nichts. Es ist mein Recht als guter Bürger, zu vergessen. Das Ausblenden von unangenehmen Details, vor allem der Vergangenheit, ist eine der konstitutiven Eigenschaften der bürgerlichen Gesellschaft. Zumal der deutschen.«

»Ich weiß nicht so recht, ob du nach gestern Abend noch als guter Bürger durchgehst«, sagt Maurice.

Ich seufze. »Pffff – okay, was ist passiert?«

»Na ja, vermutlich weißt du noch, dass du aus mir immer noch rätselhaften Gründen Gästelistenplätze für den ›White Rabbit‹ hattest. Und da du ja normalerweise gar nicht erst in solche Yuppie-Läden reinkommst, wolltest du die Gelegenheit nutzen und hast mich überredet mitzukommen. Haben wir da noch den gleichen Stand?«

»Normalerweise präferiere ich die Version, in der du mich zu irgendeinem Blödsinn überredest.«

»Oh, das war diesmal gar nicht nötig. Du hattest echt Verve. Für mich war der Abend eigentlich schon gemacht, als diese zwei 20-jährigen Hipster-Mädchen mit der Flasche Rum zu uns kamen und meinten, für einen Euro könnte man einen Schluck davon nehmen. – Woraufhin du die Flasche angesetzt, so schätzungsweise drei Fingerbreit davon abgetrunken und den völlig verblüfft dreinschauenden Mädchen zwei Euro in die Hand gedrückt hast mit den Worten: ›Stimmt so‹. Das war eine seeehr prollige Aktion, mein Freund, dafür bin normalerweise ich zuständig.«

»Ich glaube auch, du verwechselst uns.«

»Nee. Danach hast du dich zu mir umgedreht und gemeint: ›In 20 Minuten falle ich um.‹ 25 Minuten später hast du ziemlich albern zu ›I love it‹ von Icona Pop auf der Theke getanzt.«

»Ach komm, das denkst du dir doch jetzt aus«, sag ich.

»Na, wenn du mir nicht glaubst, kannst du ja selber einen Blick drauf werfen, es haben ziemlich viele Leute Fotos auf der Facebookseite des Ladens verlinkt. Besonders schön ist auch eines davon, wie du heftig mit dem Barmann rumknutschst, nachdem er dich von der Theke gezogen hat.«

»Hm, okay«, sag ich, »klingt bisher aber eigentlich nach einem normalen Abend.«

»Geht so«, setzt Maurice an. »Drück mal auf deine linke Wange.«

Ich drücke auf meine linke Wange, es tut höllisch weh. »Au!«, sag ich.

»Genau«, sagt Maurice. »Das war der Extrastempel vom Türsteher. – Wobei ich sagen muss, Respekt: Dein Hass auf Türsteher im Allgemeinen hat sich sehr beeindruckend entladen. Du konntest dich gegen drei davon erfolgreich zur Wehr setzen.«

»Wow!«, sag ich überrascht.

»Na ja«, meint Maurice, »die hatten dich einfach nicht ernst genommen. Der vierte hat dich dann ernst genommen. Aber so richtig.«

»Maurice?«

»Ja?«

»Tu mir bitte den Gefallen und sag mir nicht, warum wir rausgeflogen sind.«

»Aber das war doch so witzig!«, ruft Maurice. »Für mich.«

»Nein«, sag ich, »bitte. Ich hab jetzt schon das Gefühl, zu viel zu wissen.«

»Okay«, sagt Maurice, »wo soll ich dann weitermachen?«

»Ich denke eher nicht …«

»Ja, den Eindruck hatte ich gestern auch öfter. Aber dafür hast du anderen Leuten zu denken gegeben. Quasi ein Denkmal gesetzt. Es steckt vielleicht immer noch in Form einer Eisenstange in einem Autodach.«

»Was?«, rufe ich erschrocken.

»Keine Panik. War 'ne dicke Limousine, ich denke der, dem die gehört, hat genug Geld, um das reparieren zu lassen.«

»Okay. Warum hast du nicht versucht mich davon abzuhalten?«, frag ich.

»Ich musste doch filmen«, sagt Maurice. »Nur für den Fall, dass du mir mal wieder Vorwürfe machst, ich sei irgendwie grenzüberschreitend, wenn ich besoffen bin.«

»Alter, du hast ein Video davon gemacht, wie ich eine Eisenstange in ein Auto ramme?«, kurz richte ich mich erschrocken auf. »Bist du wahnsinnig?«

»Du hast nix dagegen gesagt. Es schien dir sogar zu gefallen. Du hattest die Eisenstange an einer Baustelle gefunden, damit wie mit einem Schwert rumgefuchtelt und willkürlich Shakespeare-

Zitate von dir gegeben. Dann bist du auf das Dach der Limousine gestiegen, hast eine pathetische Rede über einen Drachen namens Gentrificatus gehalten und anschließend dein Schwert mit theatralischer Geste in den Rücken des Untiers gerammt. Sehr unterhaltsam. – Vielleicht kannst du das im Nachhinein noch als Kunstaktion deklarieren.«

Kurz liegt mir die Frage auf der Zunge, warum ich das gemacht haben könnte. Aber das Verführerische am Rausch ist ja grade die Abwesenheit sämtlicher Begründungsnotwendigkeiten. Resigniert lasse ich mich wieder ins Kissen sinken. ›Niemand hat mich jemals so erniedrigt, wie ich selbst‹, denk ich.

»Der ›Drache‹«, fährt Maurice fort, »hat daraufhin einen ziemlich lauten Schrei von sich gegeben, weshalb ich dich doch mal lieber weggezogen habe. Ich wollte dann nach Hause, aber du musstest ja noch unbedingt in die nächste Eckkneipe. Da hast du dich dann nackt …«

»Stop!«, sag ich. »Maurice, ich schätze deine Aufrichtigkeit, aber ich glaube, es ist die Zeit gekommen, wo eine gute Lüge unsere Freundschaft noch vertiefen könnte.«

»Aber wir waren doch noch vier Stunden unterwegs«, protestiert Maurice. »Was meinst du, was da noch alles passiert ist!«

»Weißt du, Maurice, wenn ich an gestern Abend denke, sehe ich so ein Bollywood-Video vor mir, in dem ich zwischen lauter fröhlichen Menschen mit coolen Moves durch abgefahrene Kulissen tanze … das finde ich eine sehr viel schönere Erinnerung als das, was du so erzählst.«

»Ja, getanzt hast du dann auch noch. An so einer Stange in der S-Ba…«

Ich lege auf.

Von einem, der auszog, das Fürchten zu lernen

Ich war jung. Ich brauchte Geld. Deshalb stand ich vor einer alten Bunkeranlage und schaute auf den riesigen Betonklotz, der sich vor mir in den grauen Himmel reckte. Krähen zogen ihre Kreise und – krähten.

In einem Stadtmagazin hatte ich gelesen, dass ein Gruselkabinett »Monster« sucht, und darin eine Möglichkeit gesehen, auf authentische Art und Weise Geld zu verdienen. Ich fand die Vorstellung ziemlich stylisch, Leuten, die fragten, was man so macht, sagen zu können: »Na ja, ich studiere ein bisschen Philosophie, aber eigentlich bin ich Monster.«

Ich atmete noch einmal tief durch und öffnete die schwere Stahltür.

An der Kasse saß ein Mädchen in meinem Alter, das mich sehr nett anlächelte.

»Hallo«, sagte ich, »wir hatten telefoniert, ich komme wegen des … Monster-Jobs.«

Das Lächeln des Mädchens verschwand aus ihrem Gesicht und sie schaute ein wenig betroffen. »Oh, ach so.«

Dann glitt sie mit dem Stuhl aus meinem Blickfeld. Als der Stuhl wieder zurückrollte, schaute ich in das Antlitz einer älteren, überschminkten Frau mit dicken Augenringen und tief hängenden Mundwinkeln, die mich ausdruckslos ansah. Der abgewetzte, stumpf-goldene Blazer mit stilisierten Blumenmustern, den sie trug, passte so gar nicht zu dem Gesicht.

»Oh. Äh. Hallo. – Ich komm wegen … also als Monster.«

Die Frau musterte mich abschätzig. *»So? Wie ist denn Ihr Name?«*

»Maik. Martschinkowsky.«

»Das kann sich ja kein Mensch merken. Ich nenne Sie Makowski. Haben Sie Ihre Lohnsteuerkarte bei?«

Ich kramte in meiner Tasche und legte ihr meine Lohnsteuerkarte auf den Tresen.

Sie schaute kurz darauf. *»Das ist ja wirklich ein fürchterlicher Name. Waren Sie schon mal drin?«*

»Wo drin?«, fragte ich.

»Na im Kabinett, Sie Schlaumeier.«

»Nee, noch nicht.«

»Dann gehn Sie mal rein und sagen mir danach, ob Sie das machen wollen.«

»Äh, ja okay, wo …«

»Rechts die Treppe hoch.«

Das Gesicht der Alten verschwand, als sie wieder mit dem Stuhl zur Seite rollte, und ich ging in Richtung Treppe. Davor angekommen schaute ich mich noch einmal unsicher um und merkte, dass plötzlich wieder das Mädchen im Kassenfenster saß.

Sie lächelte mir aufmunternd zu, und ich ging die Treppe hinauf, die vor einer Stahltür mit der Aufschrift »Betreten auf eigene Gefahr« endete. Ich öffnete sie und machte einen zaghaften Schritt in die Dunkelheit. Mit einem lauten Knarren fiel die Tür hinter mir ins Schloss.

Diffuse Geräusche drangen aus den Gängen vor mir, eine Mischung aus Kichern, Kreischen und Zischen. Es roch nach künstlichem Nebel.

Als sich meine Augen an das Dunkel gewöhnt hatten, bewegte ich mich langsam vorwärts und zuckte zusammen, als plötzlich in einer Öffnung Blitzlichter losgingen und ein Skelett mit mechanischem Surren aus dem Boden gefahren kam, begleitet von der leiernden Tonbandaufnahme eines diabolischen Lachens. Amüsiert über meine eigene Schreckhaftigkeit stimmte ich in das Lachen ein und schaute dann neugierig dabei zu, wie das Skelett unter hydraulischen Zischgeräuschen wieder wackelnd im Boden verschwand. »So ein Kitsch«, murmelte ich halblaut, drehte mich um und … blickte in die Fratze meines schlimmsten Alptraums, die nur wenige Zentimeter vor meinem Gesicht in der Dunkelheit schwebte und mich anfauchte.

Ich stieß einen panischen Schrei aus, sprang hektisch zur Seite und fand mich plötzlich in einem Raum wieder, in dem grade eine Frau in Geburtspose um Gnade flehte, weil ihr ein Teufel aus ihrer Vagina kroch. Meine Beine rannten weiter, vorbei an einem Arzt mit blutverschmiertem Kittel, der einem Gefesselten den Arm absägte, durch eine Reihe von Grabsteinen, an denen sich Hände entlangtasteten, und ich konnte mich grade noch unter der Klaue eines riesigen Drachen wegducken, als die Fratze wieder fauchend vor mir auftauchte. Unter dem diabolischen Gelächter einer zähnebleckenden Vampirfamilie stolperte ich jetzt rücklings in eine Pestprozession und drängte mich wimmernd durch die kapuzenbewehrten Gestalten, von denen eine tatsächlich versuchte, sich mir in den Weg zu stellen. Panisch ruderte ich durch dichten Nebel, umgeben von unmenschlichen Schatten, wieder tauchte die Fratze auf, folgte mir fauchend und trieb mich vorbei an unzähligen Folterszenen, kreischenden Frauen, weinenden Männern und Monstern, die nach mir geiferten.

Schlussendlich stand ich zitternd in einem beleuchteten Gang und merkte erst nach vielen rasenden Herzschlägen, dass die Tür mit der Aufschrift »Ausgang« hinter mir zugefallen war. Ich wischte mir den Schweiß von der Stirn und atmete tief durch.

Plötzlich stand wieder die Alte von der Kasse vor mir. *»Und, war's schlimm?«*

Ich versuchte zu lächeln. »Ja.«

»Gut. So sehen Sie auch aus. Noch Interesse?«

»Äh … ja, also ich weiß nicht, eigentlich schon.«

»Sie sind Student, was?«

»Ja, wieso?«

»Sie kommen nicht zum Punkt. – Also ja? Oder nein?«

»Äh ... – ja.«

»Gut. Folgen Sie mir«, die Frau ging den Gang entlang Richtung Kassenhäuschen. Ich merkte, dass sie ein wenig hinkte. Als wir

das Kassenhäuschen passierten, sah ich das Mädchen dort sitzen und lesen. Sie schaute kurz auf und unsere Blicke trafen sich für einen Moment. Schüchtern schaute ich wieder zu Boden und trottete weiter hinter der Alten her.

Nach etlichen Biegungen und diversen Stahltüren blieben wir vor einem großen Schrank stehen, in dem die Alte eine Weile herumwühlte. Dann hielt sie mir einen schwarzen Umhang sowie eine Gummimaske mit zottigem Haar und der fiesen Grimasse eines hässlichen alten Mannes entgegen.

»Hier. Ziehen Sie das an, ich denke das passt zu Ihnen.«

Ich zog Umhang und Maske über.

»Ja, das passt. Sie sehen scheußlich aus.«

»Äh … Danke?«

»Wie heißen Sie noch mal?«

»Martschinkowsky.«

»Makowski. Hier heißen Sie Makowski. – Das ist Ihre Arbeitskleidung. Wenn Sie die kaputt machen, müssen Sie sie bezahlen, verstanden?«

»Okay.«

»Ich zeige Ihnen jetzt Ihren Arbeitsplatz und stelle Sie Ihren Kollegen vor, folgen Sie mir.«

Die Alte führte mich zurück ins Kabinett, vorbei an den vielen Folterszenen, welche sich mir jetzt als die billigste Ansammlung von Plastikfiguren, Tonbandaufnahmen und Lichteffekten entpuppte, die man sich so vorstellen kann. In einem Raum mit vielen Ausgängen trafen wir auf zwei Typen in schwarzen Umhängen, von denen jeder eine Gummimaske in der Hand hielt.

Die beiden stellten sich als Dimitri und René vor. Dimitri hielt dabei kurz die Fratze hoch, die mich vorhin verfolgt hatte, und grinste.

»Sie werden hier stehen und wenn das Skelett wieder im Boden verschwindet aus dem Schatten springen, die Arme mit dem Umhang ausbreiten und schnell mit den Füßen auf dem Boden klappern. Machen Sie mal.«

Unsicher breitete ich die Arme aus und klapperte mit den Füßen auf dem Boden. Dimitri und René kicherten.

»*Üben Sie das und sehen Sie zu, dass die Leute in die richtige Richtung laufen*«, sagte die Alte, drehte sich um und hinkte davon.

»Ah, machst du nix Getrappel, erschreckt sich kein Mensch. – Wir zeigen dir, wie das geht«, sagte Dimitri, als sie weg war, und klopfte mir auf die Schulter.

Etwa eine Stunde später standen wir mit hochgezogenen Masken im Schatten und diskutierten: »Kannst du nicht Essich machen in Soljanka!«, protestierte Dimitri.

»Alsö, meyne Müdda hot imma Essisch in die Söljonka gemocht!«, warf René ein.

»Nein! Machst du Essich in ... – Moment!« Dimitri zog die Maske übers Gesicht und verschwand um die Ecke. Einige Sekunden später hörte man panisches Schreien und hektische Schritte. Dimitri kam zurück und zog die Maske wieder hoch. »Machst du Essich in Soljanka, kriegst du Blähungen!«

Wo ich eben noch im Schockzustand umhergeirrt war und jetzt andere panisch durch die Gänge schlichen, standen im Hintergrund die Monster und diskutierten über Essig in der Soljanka und Blähungen.

Die beiden debattierten noch ein bisschen, dann sagte René: »Söö, Maik, jetzt machst dü hier mal 'n büsschen allein, der Dimitri geht eine rauchn und isch übernehm ma den hinderen Teil. Wenn was is, sachsde ejnfach Böscheid.«

Ich nickte, und die beiden verschwanden im Dunkeln. Eine Viertelstunde lang passierte nichts, während ich den in Endlosschleife abgespielten Hilfeschreien um mich herum lauschte.

Plötzlich tauchte die Alte aus dem Schatten auf. Ich erschreckte mich zu Tode. Sie sah mir eine Weile ausdruckslos dabei zu, wie ich wieder zu Atem kam, dann sagte sie: »*Da kommt jetzt ein Schulausflug, Herr Makowsky. Sehen Sie zu, dass die Gruppen möglichst schnell durch sind, damit die anderen nicht so lange warten müssen*«, machte kehrt und verschwand.

Kurze Zeit später öffnete sich die Tür und das erste Grüppchen, bestehend aus drei Mädchen, kam herein. Kichernd standen sie vor dem Skelett, das wieder im Boden verschwand, und knufften sich in die Seite. »Hast dich ja voll erschreckt«, sagte die eine. »Gar nicht!«, sagte die andere. »Is ja voll billich«, sagte die dritte. »WER SPIELT MIT MIR?!«, fragte ich.

Die drei kreischten wie am Spieß, schubsten sich gegenseitig weg und verschwanden um die Ecke. Ich lächelte zufrieden unter meiner Maske. Gutes Monster.

Die Tür ging ein weiteres Mal auf. Zwei Jungs kamen rein. Als ich aus dem Schatten sprang, drehten sich die beiden um und rannten direkt wieder zur Tür hinaus. Kurz dachte ich darüber nach, ob das jetzt gut oder schlecht war, da öffnete sich die Tür wieder und eine Gruppe aus zwei Jungs und zwei Mädchen kam rein. »Ey, ich weiß nich, was die andern ham, ey, voll die Hosenscheißer, soll das scheiß Monster doch kommen, ey.«

Als das Skelett hochfuhr, klammerten sich die Mädchen aneinander. Die Jungs auch kurz, dann erschreckten sie sich aber noch mehr über sich selbst und sprangen wieder auseinander. In dem Moment schnellte ich aus meinem Versteck. Die vier wichen entsetzt zurück, aber plötzlich ging der eine Junge in Kampfpose: »Ey, komm her, du scheiß Monster, ich – ich hau dir die Schnauze ein, du Missgeburt!«, rief er und fuchtelte unsicher mit den Fäusten in der Luft. Ich war kurz perplex. Der Junge auch. Dann machte ich einen Schritt auf ihn zu. Fluchend rannten die vier weg. Gutes Monster.

Als nächstes waren wieder zwei Jungs an der Reihe. Die beiden machten keine Zicken und verschwanden kreischend um die Ecke. Ich ging zurück in den Schatten, merkte dann aber, dass keine Schritte mehr zu hören waren. Vorsichtig lugte ich in den Gang. Nichts zu sehen. Von irgendwoher hörte ich ein leises Tuscheln. Anscheinend hatten sich die beiden versteckt. Kurz überlegte ich, was zu tun war, dann lehnte ich mich aber einfach an die Wand und wartete. Immerhin bekam ich dafür Geld und die nicht. Nach etwa fünf Minuten rief es aus einem der Räume: »O… okay – wir kommen raus, aber nur, wenn du versprichst, uns nicht mehr zu erschrecken, okay?«

»OKAY!«, rief ich zurück.

Die beiden kamen in geduckter Haltung aus einer Türöffnung geschlichen. Mit einem infernalischen Schrei stürmte ich auf sie zu und scheuchte sie zum nächsten Gang. Gutes Monster.

Ich drehte mich um, plötzlich stand die Alte vor mir. Ich erschreckte mich wieder zu Tode.

»Warum dauert denn das solange?«

»Äh, uhm, äh – die beiden haben sich versteckt.«

»Der Einzige, der sich hier versteckt, sind Sie, und zwar ein bisschen plötzlich, da warten noch hundert Leute.«

Ich nickte unterwürfig und huschte schnell wieder in meine Ecke. Böses Monster.

Die Tür öffnete sich und eine Gruppe von fünf Mädchen presste sich an der Wand entlang. Als das Skelett hochfuhr, musste ich erst mal eine Minute warten, bis sie aufgehört hatten zu kreischen. Dann sprang ich aus meinem Versteck. Die fünf schrien mir mit geballter Kraft entgegen. Eingeschüchtert sprang ich wieder zurück. Damn.

Als sie aufgehört hatten zu schreien, lugte ich vorsichtig um die Ecke. Das Grüppchen stand ineinander verknäult ein Stückchen weiter an die Wand gepresst und starrte wie eine fünfköpfige Hydra in alle Richtungen.

In meinem Kopf hörte ich die Stimme der Alten: *»Warum dauert denn das so lange? Sie Nichtsnutz!«*

Langsam schlich ich aus meinem Versteck und machte eine beschwichtigende Geste. Zehn Augen starrten mich an und wurden mit jedem Schritt, den ich auf sie zumachte, größer.

Vorsichtig deutete ich mit dem Finger in die Richtung, in die sie gehen sollten. Ich wollte grade noch einen weiteren Schritt auf sie zumachen, da fingen plötzlich wieder alle fünf Hydraköpfe an zu schreien. Völlig überfordert drehte ich mich zur Seite, rannte los und – klatschte gegen die Wand. Dummes Monster. Die fünf hörten abrupt auf zu schreien, und ich stand einen Moment lang verdutzt vor der Wand. Dann rannten sie kreischend in die eine, ich beschämt in die andere Richtung.

Ich begab mich in mein Versteck und versuchte zu verstehen, was grade passiert war, als die Tür wieder aufging und eine weitere Fünfergruppe, vier Mädchen und ein dicker Junge, der es anscheinend geschafft hatte, sich als Mädchen zu etablieren, hereinkam.

»Mein Gott, das ist ja total scary! Huhuh!«, sagte der Junge. Die Mädchen schoben ihn nach vorne, und die fünf gaben erst einen kleinen Schrei, dann ein Lachkonzert von sich, als das Skelett aus dem Boden fuhr. Ich schüttelte noch einmal den Kopf klar und huschte aus meinem Versteck. Die fünf liefen ein Stück, blieben dann aber stehen.

»Ieh, ist der hässlich!«, rief eine und zeigte auf mich. Erbost stemmte ich die Hände in die Hüfte und ging auf sie zu.

»Guck mal, der kommt auf uns zu!«, bemerkte der Junge geistesgegenwärtig.

»Ich hab nichts gesagt!«, rief das Mädchen und versteckte sich hinter einer Anderen.

Etwa einen Meter vor dem Grüppchen blieb ich stehen und deutete energisch in die Richtung, in die sie gehen sollten.

»Was?«, fragte eines der Mädchen.

»Kannst du sprechen?«, fragte ein anderes. Ich deutete noch einmal mit Nachdruck in die Richtung, in die sie gehen sollten.

»Wohnst du hier?«, fragte ein Mädchen.

»Kann ich den Bart mal anfassen?«, fragte der Junge.

Langsam beugte ich mich vor und winkte die fünf mit dem Zeigefinger zu mir. Zögerlich kamen sie näher. Als sie ganz nah an mir dran waren, machte ich: »WAHHHH!!!!« Sie zuckten zusammen, klammerten sich aneinander und gingen langsam rückwärts. Na endlich. Ich drehte mich energisch um, rannte los – und klatschte gegen die Wand. Sehr. Dummes. Monster.

»Guck mal, das Monster ist gegen die Wand gelaufen!«, hörte ich den Jungen noch rufen, dann wurde mir komplett schwarz vor Augen.

Als ich wieder zu mir kam, war das Grüppchen weg. Ich rappelte mich auf, schüttelte benommen den Kopf und nahm kurz die Maske ab, um mir den Schweiß aus dem Gesicht zu wischen. Meine Hand war voller Blut. Kaputtes Monster.

Ich machte mich auf, um schnell ein Pflaster zu holen. Als ich die Eingangstür öffnete, standen vor mir drei Jungs, einer die Hand Richtung Türklinke erhoben, und erstarrten schlagartig.

Hinter ihnen wand sich eine endlose Schlange Schülerinnen und Schüler die Treppe herunter, die mich alle mit offenen Mündern anglotzten.

»Hallo!«, sagte ich fröhlich. »Bin gleich wieder da!« Ich ging die Treppe hinunter durch die stumme Masse von Schulkindern, die entsetzt vor mir zurückwichen, während ich versuchte, mir nicht anmerken zu lassen, dass ich eine riesige Platzwunde auf der Nase hatte.

Unten angekommen traf ich Dimitri, der mit einem Kartenknipser in der Hand vor dem Treppenaufgang lungerte.

»Scheiße, was chast du gemacht?«

»Bin gegen die Wand gelaufen«, sagte ich.

»Oh, ja chabe ich auch schon gemacht«, meinte er, nahm meine Maske, klopfte mir aufmunternd auf die Schulter und ging die Treppe hoch. Als ich mich umdrehte, sah ich das Mädchen von der Kasse auf mich zukommen.

»Oje, das sieht aber gar nicht gut aus«, sagte sie und tupfte mir mit einem Taschentuch die Platzwunde auf der Nase ab.

»Danke!«, flüsterte ich nach einer Weile und lächelte schüchtern.

»Armes Monster«, flüsterte sie und lächelte zurück. Langsam, wie von unsichtbaren Magneten angezogen, näherten sich unsere Lippen.

»Was machen Sie denn hier?«, keifte die Alte, die plötzlich direkt neben uns stand.

Wir ruckten auseinander, und das Mädchen ging peinlich berührt in Richtung Kasse zurück.

»Ich, äh, ich ... bin gegen die Wand gelaufen«, erklärte ich kleinlaut.

»Gegen die Wand gelaufen? – Sie Schlaumeier. Und wo ist Ihre Maske? Soll die jetzt alleine die Besucher erschrecken?«

»Nein, Dimitri hat ...«

»Dimitri soll die Karten abknipsen!«

»Ja, aber das kann ich ...«

»Sie? – Sie können gehen, das hat ja keinen Zweck mit Ihnen. Die Karten knipst meine Nichte ab.«

»Ihre ... Nichte?«

Sie gab dem Mädchen an der Kasse einen Wink. *»Würdest du bitte den Einlass machen?«* Dann hielt sie mir meine Lohnsteuerkarte unter die kaputte Nase. *»Das gehört Ihnen. Nehmen Sie das mit und lassen Sie sich am besten nie wieder blicken.«*

Ich nahm die Karte und ging zögernd zum Ausgang. Als ich die Türklinke in der Hand hatte, schaute das Mädchen noch einmal traurig zu mir herüber. Einige Sekunden hielten wir den Blick, bis sich die Alte wieder zwischen uns schob. *»Auf Nimmerwiedersehen!«*, sagte sie und funkelte mich böse an. Ich ging hinaus und hörte die Tür hinter mir schwer ins Schloss fallen. Nun wusste ich, was Gruseln ist.

Politisch kochen

»Verschone mich mit deinen Ideen!«, sagt Lillith, als ich mit ein paar Zetteln in die Küche komme.

Ich schließe den Mund wieder. Dann mach ich ihn doch auf. Und wieder zu. Ich denke angestrengt nach und entschließe mich zu einer der ältesten Erwiderungen der Menschheit: »Äh …«

Lillith seufzt. »Okay, was ist es denn diesmal?«

»Ein Kochbuch!«, rufe ich freudestrahlend.

»Ist das wieder so Fantasy-Zeugs? Oder hast du inzwischen Vampire für dich entdeckt?«

»Nein. Es geht um politisches Kochen!«, sage ich bedeutungsschwanger.

»Okay«, sagt Lillith. »Wie heißt es? ›Proviant fürs Plenum‹?«

»Nee, es ge…«

»›Backen für die Barrikaden‹?«

»Nein, au…«

»›Auflauf für alle‹?«

»Nee, es geht mehr so in die Richtung: Du isst, was du bist.«

»Aha. Ein analytisches Kochbuch.«

»Ja, so was in der Art. Momentan noch eine Entwurfs-Entwurf. Darf ich's dir trotzdem vorlesen?«

»Na gut. Aber hier sind meine Bedingungen: maximal fünf Minuten, nur selbst Verfasstes, keine Kostüme oder Requisiten, und Gesang ist nur zitathaft … obwohl – Gesang ist gar nicht erlaubt.«

»Okay«, ich räuspere mich.

»Demokratisch kochen:
Alle etwas in einen Topf schmeißen lassen und darauf hoffen, dass einem das, was dabei rauskommt, auch schmeckt.

Kommunistisch kochen:
Nahrungsmittel kollektivieren, ein Plenum einberufen und unter fortwährender Diskussion reflektieren, wie man am besten kocht.

Grün kochen:
Das selbst angebaute, genlose Gemüse ungewaschen in einen Topf werfen, es von der Sonne aufwärmen lassen und mit gutem Gewissen würzen.

Kapitalistisch kochen:
Jemand anderes dazu bringen, für einen mehr zu kochen als nötig, und von dem, was übrig bleibt, noch mehr Leute dazu bringen, für einen mehr zu kochen als nötig, dadurch wiederum viel mehr Leute dazu bringen, dass sie für einen mehr kochen als nötig und so weiter.

Faschistisch kochen:
›Schwein in brauner Soße‹ – Kleines österreicher Bratschwein durch den After ausnehmen, anschließend mit deutschem Sauerkraut füllen und das Maul mit preußischem Allerlei stopfen. Zwischen 33 und 45 Minuten garen lassen.

Antifaschistisch kochen:
Da man es ohnehin satt hat, einfach Deutschländer-Würstchen durch den Fleischwolf drehen und radikal den Anblick genießen, wie der Brei vergammelt.

Liberal kochen:
Sich allein an einen Runden Tisch setzen und darauf warten, dass man von unsichtbarer Hand gefüttert wird.

Neoliberal kochen:
Den Kochprozess outsourcen, einen Lieferservice in einem anderen Land aufkaufen, dort etwas zu essen bestellen, umgehend

den daraus resultierenden Gewinn einstreichen, den Lieferservice sofort wieder verkaufen und anschließend das Essen reklamieren.

Feministisch kochen:
Sich dem Kochen generell verweigern und allen klar machen, dass frau lieber verhungert, als den Mustern männlicher Unterdrückung zu folgen.

Realsozialistisch kochen:
Eine Spreewaldgurke mit dem garnieren, was grade zur Hand ist.

Anarchistisch kochen:
Gleich zum Nachtisch übergehen.«

Erwartungsvoll schaue ich Lillith an. »Und, was ist dein erster Eindruck?«

Sie plinkert mit den Augen. »Hm. Ich kann mir vorstellen, dass das Buch ein ziemlicher Kracher wird: Man hat danach bestimmt die Schnauze voll von Politik.«

Duc de Coeur

Sehr geehrter Herr Martschinkowsky,

Sie haben uns ein »Exzerpt« zu Ihrem »Vampir-Roman« »Biss einer weint« zugesandt.

Normalerweise geben wir zu einer Ablehnung keine Begründung heraus, aber in Ihrem Fall möchte ich eine Ausnahme machen. Möglicherweise wird Ihnen dadurch das ein oder andere bewusst und es lässt sich so Schlimmeres verhindern.

Zunächst der Titel. Es existiert bereits ein Vampirroman mit dem Titel »Biss einer weint«. Und selbst wenn dieser Titel nicht bereits vergeben wäre, stünden Sie vor dem Problem, das sich der beste Satz Ihres Buches schon vorn auf dem Umschlag befände.

Die von Ihnen vorgeschlagenen Alternativtitel »Biss nachher«, »Bissness Man« und »Ein Bisschen Spaß muss sein« hätten immerhin den Vorteil, dass diese den Leser bereits auf das vorbereiteten, was sich zwischen den Sargdeckeln des von Ihnen »geschriebenen« »Buches« befände.

Ihre eigene Aussage, bei dem von Ihnen »verfassten« »Werk« (ich weiß allmählich gar nicht mehr, wohin mit all den Anführungszeichen) handle es sich um einen postmodernen Kinder-Politthriller, angesiedelt im derzeit recht beliebten Vampirgenre, wirkte auf uns eher erschütternd als irritierend.

Sie erzählen von einer Gruppe befreundeter Jugendlicher, welche über ein Social Network von einem Unbekannten namens

»Duc de Coeur« (was, wie ich leider herausfinden musste, das Label der französischen Woche bei Lidl ist) zu einem gemeinsamen Konsole-Spielabend eingeladen werden.

Die Jugendlichen folgen entgegen allem gesunden Menschenverstand dieser Einladung und finden sich in einer unheimlichen Luxusimmobilie wieder, welche auf einem einsamen Hügel im Prenzlauer Berg steht und von den anwohnenden, nur mit Jugendlichen sprechenden, strikt vegan lebenden Tieren »Sargnagel« genannt wird. Im »Sargnagel« werden die Jugendlichen von einem adretten jungen Mann, dem »Duc«, empfangen, der sie mit allen nur denkbaren Annehmlichkeiten umgarnt, bis er um Mitternacht sein wahres Wesen offenbart: Er ist Versicherungsvertreter und möchte ihnen einen Staubsauger verkaufen.

Mit dieser »Enthüllung« endet Ihr 1054 Seiten langer »Roman«. Der Leser wird sich an dieser Stelle wohl mehr als nur die Frage stellen: Warum nicht schon früher?

Sie beschreiben 500 Seiten lang eine Social-Network-Konversation zwischen Jugendlichen, die sich über die Interpretation der Marxschen Entfremdungstheorie in Bezug auf die Digitalisierung der postkapitalistischen Produktionsverhältnisse austauschen und ihre Meinungen an Beispielen aus »SpongeBob«, »Dragonball« und den »Teenage Mutant Ninja Turtles« veranschaulichen.

Die nächsten 500 Seiten schildern den etwa viereinhalbstündigen Abend im Sargnagel, bei dem die Kinder während ihres Konsole-Spiels erkennen, dass – ich zitiere: »[…] der transzendentalen Obdachlosigkeit der säkularisierten Gesellschaft nur durch einen post-existentialistischen Entwurf eines intersubjektiven Ethos, der das Soziale dialektisch in sich aufhebt, begegnet werden kann«. Woraufhin eine ordinäre Schokopudding-Schlacht nebst Fressorgie folgt. Bis einer weint.

Es verbleiben 50 Seiten für Ihren »Showdown«, in dem der »Duc« einen Vortrag über die Sicherheitsaspekte gut gereinigter Böden hält, bevor er, Schlag zwölf, seine Visitenkarte zückt.

Ich frage Sie, Herr Martschinkowsky: Haben Sie jemals einen Vampirroman gelesen? Haben Sie jemals ein Jugendbuch gelesen? Haben Sie überhaupt jemals ein Buch gelesen?

Herr Martschinkowsky, im Namen der Menschheit, ich flehe Sie an: Legen Sie die Feder nieder!

Gez.
Gudrun Barlomdo
Lektorin
[redacted] Verlag

Energiehandel

»›Turbo-Qi und Lichtnahrung‹«, lese ich aus einem Prospekt vor, »›nicht mehr essen müssen, um zu überleben.‹ – Das erklärt einiges.«

Maurice und ich befinden uns auf einer Esoterik-Messe. Wir haben dort einen Job als Catering-Assistants angenommen, aber es gibt so gut wie nichts zu tun.

»Vielleicht sollte ich auch mal ein Seminar anbieten«, schlägt Maurice vor, »›Wenn heute die Welt unterginge, würde ich morgen noch einen Baum pflanzen – mit Optimismus durch das Armageddon‹.«

»Du müsstest dir aber noch 'ne passende Energieform ausdenken, die sich gut vermarkten lässt«, sag ich. »Oder zumindest eine besondere Technik. Hier, so was: Sphärenimpuls-Coaching.«

»Ich hab irgendwie das Gefühl, dass diese Leute trotz des ganzen bunten Klimbims die Welt eigentlich in Schwarz und Weiß einteilen«, murmelt Maurice nachdenklich.

»Na ja, wenn man das nicht macht, ist sie halt grau. Auch nicht schön.«

»Wirst du grade zum Esoteriker?«

»Ich kann als Hobby-Ontologe zwar ein Stück weit nachvollziehen, dass man schon aus rein ästhetischen Gründen versucht, der Welt irgendeinen Zusammenhang abzuringen, aber wenn's an die Substanz geht, bleib ich hart wie Stein.«

»Vielleicht solltest du's mal ausprobieren«, schlägt Maurice vor. »Geh doch mal zu einem der Stände und lass dir die Quanten massieren oder so.«

Ich schüttle erschrocken den Kopf: »Da bringen mich keine zehn Pferde zu.«

»Aber zehn Bier vielleicht«, sagt Maurice und wedelt grinsend mit einer Flasche.

»Besser nicht«, sag ich, »lass mal lieber so tun, als ob wir was zu tun hätten, sonst kriegen wir noch Ärger.«

Einige Zeit später schwanke ich vor einem Stand mit Nanu-Nana-artigem Krimskrams in der Auslage und balanciere ein Tablett, auf dem ein einzelnes Glas alkoholfreier Sekt wackelt. Hinter der Auslage steht eine Frau in bunten, wallenden Gewändern, die unerbittlich lächelt. Ich bin mir sicher, dass ihr Lächeln einfach weiter stehen bleiben würde, wenn sie wegginge.

»Darf ich Ihnen ein' äh ... Kosmos-Frequenz-Sekt anbieten?«, frag ich.

Die Frau schüttelt lächelnd den Kopf: »Nein danke, ich trinke nicht.«

»Der is ohne Alkhol.«

»Nein danke. Ich trinke nicht. Gar nicht.«

Ich denke angestrengt über diesen Satz nach. Maurice taucht neben mir auf und gestikuliert mit einem Räucherstäbchen, das er irgendwo abgegriffen hat. »Dieser Mann hier«, er deutet auf mich, »braucht dringend eine Energiematrixjustierun', um seine Seele wieder flottzumachn. Waskostdas?«

Die Frau lächelt noch ein bisschen breiter. »Eine kräftige Seele ist unbezahlbar. Aber da wir ja leider in einer Welt leben, die von raffgierigen Menschen gelenkt und kontrolliert wi...«

»Übaspringen wir das«, ruft Maurice und fuchtelt wild mit dem Räucherstäbchen. »Ich kann ein bisschen in die Zukunft googeln und sehe, dass am Ende dieses Satzes eine lange, anstrengende ... Diskussion steht. Wissen Sie – ich bin Anhänger der Zahlenmystik, und die Festlegung von Preisen gehört seit jeher zu den Königsdisziplinen auf diesem Gebiet. Also – nennenSiemireinenPreis«, er legt die Fingerspitzen an die Schläfen und schließt die Augen.

Das Lächeln der Frau bleibt unbeirrt, wo es ist. »Eine einfache Sitzung kostet 299 Euro«, sagt es.

»Warum nich einfach 300?«, frag ich.

»Bringmichnichdurcheinander!«, ruft Maurice und drückt noch angestrengter die Finger an die Schläfen.

»Sorry«, sag ich und wende mich wieder an das Lächeln, »nichts für ungut. Aber wenn ich das jetz ausgebe, werd ich das morgen möglicherweise. Vielleicht. Bestimmt. Bereuen.«

Das Lächeln wird noch ein bisschen breiter. Langsam bekomme ich Angst, dass der Frau etwas passieren könnte. »Die Sorge um morgen ist ein schlechter Begleiter«, sagt sie, »Freude und Glück warten in der steten Gegenwärtigkeit.«

»Also, ich glaube ja eher, stete Gegenwärtigkeit ist die sicherste Art, Fehler aus der Vergangenheit zu ... haben Sie nicht vielleicht auch was f ür – kleine Seelen? Oder gegen Schlu ckauf?«

Das Lächeln schüttelt bedauernd den Kopf und wird wieder ein bisschen schmaler. »Günstigere Sitzungen gibt es nur für Tiere, leider.«

»Hm. Das m acht Sinn«, sag ich. »Also – Ihr Lächeln, mein ich. M acht schon Sinn ... bei den Preisen macht Ihr Lächeln – wha tever«, ich schaue zu Maurice. Der scheint offenbar kurz im Stehen eingeschlafen zu sein, als er die Augen geschlossen hat. Ich lächle dem Lächeln verabschiedend zu und ziehe Maurice zu einem Stand, an dem ein großes Schild angebracht ist: »Spirituelles Erwachen«.

»Oh«, sagt er, blickt auf das Schild und dann zu dem Verkäufer am Stand. »Guten Morgen. Ich bin eine Art spiritueller Langschläfer. Was würden Sie mir da zum Frühstück empfehlen?«

»Kaffee«, sagt der Mann trocken.

»Das' aber profan«, mosert Maurice. »Ich mein, eher was für Erleuchtete oda so.«

Der Mann schnaubt abschätzig. »Bei Ihnen sind die Lampen an, das sollten Sie nicht mit Erleuchtung verwechseln.«

Maurice blickt ihn eine Zeitlang nachdenklich und leicht wankend an. Dann fragt er: »Ham Sie mich grade beleidigt?«

Der Mann schnaubt abermals. »Sie beleidigen hier doch alle. Kommen völlig betrunken her und zerstören friedliebenden Leuten den besinnlichen Nachmittag.«

Maurice hebt bedeutsam das Räucherstäbchen hoch: »Ich möchte Ihnen mal eins sagn: Erstens sind wir nicht betrunken hergekommen und zweitens is das hier nicht besinnlich, sondern bedenklich!«

»Entschuldi gen Sie meinen Freund«, sag ich beschwichtigend, »er is von irgendeinem bösen … äh, Weltgeist besessen oder so was. Ich brin g ihn kurz da rüber«, ich deute auf einen Stand mit der Aufschrift »www.derexorzist.com«.

»Du musst den Leuten hier doch ni ch gleich aufn Teppich pinkeln«, sag ich, als wir ein Stück weg sind.

»Ich hab doch nich mal die Hose aufgemacht!«, protestiert Maurice, und ich fürchte, er meint das nicht im übertragenen Sinne.

»Ja, aber du kannst doch den Leuten hier nich einfach unge fragt Vorträge über … oh, guck ma, Steine«, ich wackle zu einem Stand mit bunten Steinen.

»Was können die?«, frag ich das Verkäuferpärchen.

»Das kommt ganz darauf an«, sagt die Frau.

»Was Sie suchen«, sagt der Mann.

»Der Stein h ier zum Beispiel, was kann der?«

»Der wirkt reinigend«, sagt der Mann.

»Und der hier?«

»Der wirkt beruhigend«, sagt die Frau.

»Hmhm. Der?«

»Energetisierend«, sagt der Mann.

»Und der?«

»Das ist das Preisschild«, sagt die Frau.

»Oh – aber der, der si eht so aus, als könnte der was. Krasses.«

»Der wirkt lebensverlängernd«, sagt der Mann.

»Ach«, Maurice winkt ab, »auf die Länge kommt's nich an, sondern auf die Technik.«

Ich ignoriere Maurice. Steine sind eine ernste Angelegenheit. Da geh ich mit der Polizei d'accord.

Ich deute auf einen grünlichen Stein: »Was macht der?«

»Der ist gut für die Verdauung«, sagt die Frau.

»Muss ich den dafür essen?«, frag ich überrascht.

Der Mann setzt zu einer Antwort an, bricht aber ab, als sich ein gewaltiger Schatten über uns legt. Maurice und ich drehen uns um. Vor uns steht ein riesiger Hüne, der eine weiße Tunika trägt und eine Ganzkörperglatze hat. Zumindest ist sein gesamter Kopf von keinerlei Haaren besetzt, nicht mal Augenbrauen.

»Sie stören die Energien«, sagt er in gebieterischem Tonfall.

»Äh … sind S ie die sakrale Security oder so was?«, frag ich und halte ihm das Tablett hin. »Daaf ich Ihnen einen Natursekt anbieten?«

Der Mann bekommt einen zeusartigen Gesichtsausdruck. Dass es den gibt, fällt mir auch erst in diesem Moment auf. »Ich«, sagt er ruhig und wird noch ein wenig größer, »bin Lichtlord Gigatron!«

Während ich den Hünen verdutzt anschaue, höre ich wie Maurice vor Lachen zwischen zwei Stände fällt. Der Lichtlord fixiert mich weiter und zuckt mit keiner Wimper. Hat er ja auch nicht.

»Ah!«, sag ich. »Ich bin Usus, der G ott des einfachen Volkes. Freut mich, dass wir uns endlich mal kennenlernen!«, und strecke ihm die freie Hand entgegen.

»Ich kenne Sie nicht, und ich bezweifle auch, dass Sie ein Gott sind. Gehen Sie jetzt.«

»Nee, is klar«, sag ich. »Das einfache Volk ist in den Reihen des in neren Kreises nich willkommen. Aber genau deswegen – bin ich hier. Als Gott des geschlichteten V olkes fordere ich den Lichtlord zu einem Chakren-Wettbewerb heraus!«

Ich fange an ein paar magische Gesten zu machen. Genau genommen sind es nur Smartphone-Gesten, sieht aber trotzdem gut aus. Find ich.

Gigatron schaut mir einige Zeit ausdruckslos zu. Dann sagt er: »Sie machen sich über Dinge lustig, die Sie nicht verstehen. Ich bitte Sie noch ein letztes Mal höflich …«

Maurice hat sich inzwischen wieder aufgerappelt und wedelt plötzlich aufgebracht mit seinem Räucherstäbchen vor dem Lichtlord herum: »Von wegen nich verstehen! Was gibsn da nich zuvastehn – hier kommen Leude, die zum Teil ganz fürchterliche Krankheiten oder andere wirklich schlimme Probleme ham, völlig verzweifelt her und Sie halten denen dann irgendwelche Drahtgestelle für 'nen Euro fuffzig ausm Baumarkt über den Bauch, erzählen, das wären allheilende Lichtblumen oda andere

Märchen und knöpfen diesen Leuten dann 300 Euro dafür ab. – Ma im Ernst, wer verarscht hier denn wen?«

Noch bevor Maurice fertig ist, winkt der Lichtlord und aus einer Ecke kommen zwei schwarz gekleidete Security-Typen. Ich versuche sie mit Wisch-Gesten aus dem Weg zu räumen. Dessen ungeachtet drehen die beiden uns sehr weltlich die Arme auf den Rücken. Während sie uns abtransportieren, rufe ich noch: »Das kommt auf deine Karma-Rechnung, Wichtlord! We th ree shall meet again!«

Leider endet ein Rausch immer ernüchternd. Als ich am nächsten Tag aufwache, geht es mir schlecht. Vielleicht wegen des Alkohols. Vielleicht ist auch meine Seele verkatert, wegen der vielen Energien so durcheinander. Vielleicht hätte ich aber auch diesen Verdauungsstein, den ich heimlich hab mitgehen lassen, nicht essen sollen.

Heute Kinder, wird's was geben

Es ist Weihnachten. Zeit der Ruhe und der Besinnlichkeit, Zeit der Liebe und des Müßiggangs, Zeit der guten Taten und Geschenke. Die beste Zeit, um einen Job als Weihnachtsmann zu bekommen. Und damit auch eine günstige Gelegenheit, um eine Aktion des Künstler-Kollektivs »King Mob« wieder aufleben zu lassen.

Deshalb stehe ich im Weihnachtsmann-Kostüm in der Spielzeugabteilung eines großen Kaufhauses. Ein kleiner Junge steht mit leuchtenden Augen vor mir und schaut schüchtern dabei zu, wie ich grade den Bausatz einer riesigen Lego-Ritterburg aus dem Regal nehme.

»Hier, mein Kleiner«, sag ich gemütlich und gebe ihm die Verpackung, »das ist für dich, weil du immer so schön unartig warst!«

Der Junge schließt die Ritterburg in die Arme und beißt sich grinsend auf die Lippe. »Darf ich das wirklich behalten?«, fragt er.

Ich klopfe auf das Kissen unter meinem Mantel und lache weihnachtsmännisch: »Hohoho – hör mal, Junge, ich bin der Weihnachtsmann, ich verschenke Sachen. Haben dir denn deine Eltern nie von mir erzählt?«

»Doch«, nuschelt der Junge, »aber ich dachte, dich gibt's nich!«

»Ja, immer schön kritisch bleiben«, lobe ich den Jungen und wuschle ihm grinsend durch die Haare. »Na, wie sagt man da?«

»Danke«, sagt der Junge, strahlt mich noch einmal an und verschwindet dann mit seinem Geschenk zwischen den Regalen. Ein kleines Mädchen taucht vor mir auf.

»Krich ich auch was?«, fragt sie mit vorgerecktem Kinn.

»Klar!«, sag ich. »Was hättste denn gern?« – Ich deute mit ausladender Geste auf die langen Regale des Kaufhauses. Das Mädchen steckt einen Finger zwischen die Zähne und überlegt.

»'ne Pistole«, sagt sie.

»Na, na«, grummel ich und schüttle den Zeigefinger, »zu Weihnachten gibt's aber kein Kriegsgerät!«

»Ich wollt ja auch keine Kampfdrohne, sondern nur 'ne Pistole«, ruft das Mädchen schnippisch.

Ich streiche mir über den Bart. »Na gut«, sag ich, »aber nicht auf Menschen zielen. Und auch nicht auf Tiere!« Ich gehe mit ihr zu einem Regal voller Spielzeugpistolen und schenke ihr eine. »Danke, Weihnachtsmann!«, ruft sie freudestrahlend und umarmt mich kurz, bevor auch sie hüpfend zwischen den Regalen verschwindet.

Inzwischen hat sich eine kleine Gruppe Kinder um mich herum gesammelt, die mir ihre Wünsche zurufen. Gut gelaunt gehe ich mit ihnen von Regal zu Regal und gebe ihnen, was sie haben wollen. Immer mehr Kinder springen in der Spielzeugabteilung herum, zupfen mir am Mantel, deuten auf Spielzeug, führen mich an der Hand zu ihrem Wunschregal, rennen begeistert mit ihren Geschenken umher oder packen diese noch an Ort und Stelle aus und beginnen damit zu spielen. Es ist so schön, dass ich mir eine Träne aus dem Auge wischen muss.

Mit einem Mal taucht ein Mann vor mir auf, der ein Schild mit der Aufschrift »Herr Knecht, Fillialleiter« an der Brust trägt. Da ich über eine Zeitarbeitsfirma eingestellt bin, habe ich den allerdings noch nie gesehen.

»Ho! Ho! Ho!«, ruf ich. »Warst du auch immer schön artig?«

»Was glauben Sie, was Sie da machen?«, giftet er mich an und greift nach meinem Bart. Ich patsche seine Hand weg und hebe drohend meine Rute. »Hören Sie mal«, ruf ich, »Sie wissen wohl nicht, wer ich bin?«

»Ich weiß auf jeden Fall, dass Sie in Schwierigkeiten sind!«, faucht der Mann und dreht sich dann zu den zwei Mitarbeiterinnen um, die ihm gefolgt waren, nun aber mit verzücktem Lächeln auf die spielenden Kinder schauen. »Frau Bär, rufen Sie die

Polizei. Und Frau Fuchs, Sie nehmen den Kindern das Spielzeug wieder ab, bevor die noch mehr auspacken.«

Frau Fuchs blickt den Mann entsetzt an. »Das … das können wir doch nicht machen!«, stottert sie.

Ich grinse breit unter meinem Bart. Wusste ich doch, dass sie ein gute Seele ist. Der Fillialleiter schaut kurz irritiert, so als hätte Frau Fuchs etwas in einer anderen Sprache gesagt. »Wie bitte?«, fragt er ungläubig.

Frau Fuchs windet sich unbehaglich: »Na, Sie können doch nicht einem Kind einfach wieder was wegnehmen, was es grade geschenkt bekommen hat. Vom Weihnachtsmann!«

»Sehr artig!«, grummle ich, greife ins Regal neben mir und drücke ihr eine Puppe in die Hand. »Bitteschön.«

»Oh, danke!« sagt Frau Fuchs erstaunt und lächelt mich an.

Herr Knecht reißt ihr die Puppe wieder weg. »Das wird Konsequenzen haben, Frau Fuchs«, faucht er, »sehen Sie zu, dass sich die Eltern der Kinder hierherbewegen, aber ein bisschen plötzlich, wenn Sie Weihnachten nicht auf dem Arbeitsamt verbringen wollen.«

Frau Fuchs nickt ängstlich und macht sich von dannen. Der Fillialleiter dreht sich wieder zu mir. Ich kratze mir grade mit der Rute den Rücken. »Und Sie, Sie bleiben hier, bis die Polizei eingetroffen ist!«

Ich blicke kurz auf einen kleinen Jungen, der mit einer Polizeimütze herumläuft. Dann grinse ich den Fillialleiter an. Der schnaubt verächtlich und wird noch ein bisschen röter. Kurze Zeit später ertönt eine Lautsprecherdurchsage. »Krrk … Äh … wir bitten alle Eltern in die Spielzeugabteilung. – Bitte!«

Herr Knecht verdreht die Augen und schüttelt den Kopf. Eine Weile lang schauen wir noch schweigend den Kindern beim Spielen zu, als ein Polizist und eine Polizistin um die Ecke kommen. Kritisch beäugen sie die umhertollenden Kinder. »Was ist hier los?«, fragt die Polizistin.

»Weihnachten«, sag ich.

Herr Knecht schneidet mir mit einer Geste das Wort ab und deutet dann auf mich: »Dieser Mann hat unbefugterweise Artikel aus unseren Regalen verschenkt.«

»Hm«, sagt der Polizist, »witzig.«

Der Filialleiter atmet tief durch. »Ich möchte, dass Sie den Mann festnehmen und die Ordnung wiederherstellen!«, sagt er laut und deutet auf die spielenden Kinder. Inzwischen haben sich auch einige Eltern eingefunden, die verwirrt die Szenerie betrachten.

»Wie meinen Sie das, die Ordnung wiederherstellen?«, fragt der Polizist erschrocken. »Sie meinen doch nicht etwa, dass wir den Kindern das Spielzeug wegnehmen sollen?«

Die Polizistin macht eine beschwichtigende Geste und dreht sich zu den umstehenden Eltern.

»Hören Sie mal. Wir möchten alle Eltern bitten, ihr Kind zu identifizieren und festzustellen, ob es unbefugterweise über ein Spielzeug verfügt, was ihm dieser Weihnachtsmann geschenkt hat.« Sie deutet auf mich. »Es handelt sich dabei um ein Missverständ…«

»Missverständnis?«, rufe ich empört. »Wenn der Weihnachtsmann etwas verschenkt, dann ist das kein Missverständnis, sondern genau das, was man von ihm erwartet!«

»Es handelt sich hier nicht um den echten Weihnachtsmann!«, fügt die Polizistin noch hinzu. »Also, bitte sorgen Sie dafür, dass die Spielsachen wieder ihrem rechtmäßigen Eigentümer zukommen«, sie deutet auf Herrn Knecht.

»Was soll das heißen, nicht der ›richtige‹ Weihnachtsmann?«, ruft ein Vater aus der umstehenden Menge. »Wer ist denn bitteschön der richtige Weihnachtsmann?«

»Genau!«, ruft eine Mutter. »Woher wollen Sie denn wissen, dass das nicht der richtige Weihnachtsmann ist?«

»Der richtige Weihnachtsmann verschenkt zumindest nichts, was er nicht vorher gekauft hat!«, ruft Herr Knecht erzürnt. Ein Murmeln geht durch die Menge.

Dann hört man ein lautes Schreien, als dem kleinen schnippischen Mädchen von seiner Mutter die Pistole entrissen wird. »Das hat mir der Weihnachtsmann geschenkt!«, ruft es verzweifelt und springt an seiner Mutter hoch. Unter den Kindern und Eltern macht sich Unruhe breit. Hier und da hört man, wie einige Kinder anfangen zu weinen, als ihre Eltern auf sie einreden, um ihnen klarzumachen, dass sie ihr Spielzeug wieder abgeben sollen oder dass es den Weihnachtsmann gar nicht gibt und ähnlich Erschütterndes. Innerhalb weniger Sekunden hat sich die Spielzeugabteilung in die Hölle verwandelt: Überall stehen schreiende und schniefende Kinder, die verzweifelt vor sich hin brüllen, Mütter zerren mit ihren Kindern an Spielzeug und Väter tragen um sich schlagende Bündel aus der Abteilung.

»Ist es das, was Sie wollten?«, fragt mich der Filialleiter.

»Nein«, sag ich, »das ist das, was Sie wollten. Ich habe den Kindern die Geschichte vom Weihnachtsmann erzählt. Sie erzählen ihnen die Geschichte vom Privateigentum. Sie können sich ja überlegen, was sich besser zum Einschlafen eignet. Und jetzt ...«, ich drehe mich zu dem Polizisten und halte ihm meine Hände entgegen, »nehmen Sie doch bitte vor den Augen aller Kinder den Weihnachtsmann fest, weil er ihnen etwas geschenkt hat.«

Der Polizist seufzt. »Ich hasse meinen Job«, sagt er.

»Ich auch«, sage ich, »ich auch.«

Was kommt von Nichts

»Was machst'n?«, fragt meine Freundin, die aus mir völlig rätselhaften Gründen vor meinem Bett aufgetaucht ist.

»Ich denke übers Nichts nach«, sag ich.

»Du denkst über nichts nach?«

»Nein, nein – ich denke über Nichts nach.«

»Hmhm – klingt nach einer sehr ... ausfüllenden Tätigkeit.«

»Auf jeden Fall!«, sag ich. »Das Nichts strukturiert das Sein, weißt du. – Nur durch Leere wird Fülle überhaupt erst möglich.«

Meine Freundin hebt eine leere Weinflasche hoch.

»Verstehe«, sagt sie, »die Leere dieser Flasche hier zum Beispiel hat dir diese erfüllende Erkenntnis ermöglicht.«

»Das ist zwar ein sehr profanes Beispiel«, sag ich, »aber so in etwa kann man sich das vorstellen. – Ich hab mich sehr leer gefühlt, dann habe ich die Flasche Wein getrunken, jetzt ist die Leere in der Flasche und ich bin voll.«

»Oh, man merkt, da hat jemand zwölf Jahre Philosophie studiert.«

»Wer nichts kann, kann auch nichts dafür«, sag ich und lehne mich weise zurück. Dann rucke ich noch mal hoch: »Was willst du überhaupt?«

»Nichts«, sagt meine Freundin.

»Verstehe«, sag ich, nicke verständnisvoll und sinke wieder auf mein Kissen zurück.

»War nur grade auf dem Weg und dachte, ich schau mal vorbei. Lillith hat mir aufgemacht. Du hast ja anscheinend nichts gehört.«

»Nichts kann man nicht hören«, stelle ich entschieden fest »das wär ja absurd.«

»Oje«, sagt meine Freundin und legt sich zu mir, »jetzt kommen die nichtssagenden Wortspiele.«

»Nichtssagende Wortspiele …«, murmle ich und hab zwei, drei Erkenntnisse.

»Hast du neben deinen Erkenntnissen eventuell auch noch so ein Leere-Fülle-Tauschgerät?«, fragt sie und wedelt mit der leeren Weinflasche vor meiner Nase. »Dann verstehe ich vielleicht auch Nichts.«

»Nee, die hab ich alle beleert«, sag ich.

»Hm. Mist, dann muss ich meine eigene aufmachen«, murmelt sie und kramt eine Weinflasche aus ihrer Tasche.

»Wo kommst du überhaupt her?«, frag ich.

Meine Freundin dreht den Korkenzieher in den Korken. »Ist das jetzt eine persönliche oder eine metaphysische Frage?«

»Nee, also – ja. Nee. – Wo warst'n?«

»Wollt mich mit Kai treffen, aber der hat's irgendwie verpennt.«

»Was läuft da eigentlich zwischen dir und diesem Kai?«, frag ich.

Meine Freundin schaut mich skeptisch an.

»Nichts«, sagt sie.

»Das find ich nicht gut.«

Meine Freundin zieht eine Augenbraue hoch. »Was wird das?«

»Genau. Was wird das? – Wenn Nichts zwischen euch läuft, besteht da Potential für Alles.«

»Das ist die mit Abstand absurdeste Eifersucht, die ich je erlebt hab«, sagt sie und entkorkt die Flasche.

»Ich bin nicht eifersüchtig!«, intoniere ich. »Im Gegenteil. Ich habe ja gar keinen Grund dazu. – Das macht mich wahnsinnig.«

»Moment«, sagt meine Freundin, setzt die inzwischen entkorkte Flasche an und stürzt sie zur Hälfte hinunter. »So. – Bin gleich bei dir.«

Ich will grade etwas erwidern, da hebt sie unterbrechend die Hand: »Halt. Halt! – Ich glaub da kommt schon was!«, sagt sie und starrt ins Leere. »Ja. – Ja … – vielleicht ermöglicht dieses Nichts zwischen mir und Kai die Erfüllung zwischen uns?«

»Du kleiner Hegel!«, sag ich und lege nachdenklich die Hand ans Kinn.

Meine Freundin nimmt noch einen tiefen Schluck.

»Warte, da kommt noch was. – Das Nichts ist ein Zustand, der wenn er ist, nicht nicht ist, aber wenn er nicht ist, nicht nicht sein kann. Also – mach dir nichts draus.«

»Äh. Okay«, sag ich, »jetzt versteh ich grad nichts.«

»Gut«, sagt meine Freundin, »dann haste heut ja richtig was geschafft.«

Ich boxe ihr auf die Schulter. Sie boxt zurück und wir prügeln uns eine halbe Stunde durch die komplette Wohnung. Am Ende sitzen wir wieder auf dem Bett. Ich halte mir ein Taschentuch unter die Nase, die meine Freundin[1] mir nicht nicht blutig geschlagen hat. »Keine Sorge«, sagt sie und nimmt mich in den Arm, »du bedeutest mir nichts.«

---

1 »Du hast eine Freundin?«, fragt meine Freundin.
»Ja. Aber die wollte anonym bleiben.«
»Kann es zufällig sein, dass sie auch so etwas gesagt hat wie: ›Ich habe in dem Buch nichts zu suchen‹?«
»Jep. Tut sie doch auch.«

Opilog

»Großvater, mir ist langweilig!«, sagt mein Enkel und legt seinen Kopf auf meine Knie.

»Soll ich dir eine Geschichte erzählen?«, frage ich erwartungsvoll.

»Dann wird mir ja noch langweiliger!«, jammert er und sinkt in pathetischer Geste zu Boden.

»Hör mal!«, ruf ich empört. »Ich hab lange als Geschichtenerzähler gearbeitet.«

»Ja, und als Dachdecker, als Tischler, als Pizzabäcker, als Weihnachtsmann …«

»Schon gut, schon gut – aber weißt du, wenn man, wie ich, fast hundert Jahre alt ist …«

»Und du hast noch kein zweites Buch rausgebracht?«, fragt mein Enkel.

»Es ist fast fertig!«, verteidige ich mich.

»So wie dein Studium?«

»Pssst«, sag ich, »das ist doch ein Geheimnis!«

Dann hebe ich meinen Enkel auf den Schoß.

»Ich erzähle dir jetzt eine Geschichte. Ob du willst oder nicht.«

»Ist es wenigstens eine spannende Geschichte?«

»Hm …«, ich streiche mir nachdenklich über den Bart, »da müssten wir vielleicht erst einmal klären, was du spannend findest.«

Mein Enkel schaut skeptisch. »Na, Aufbau einer Ausgangssituation, Einführung der handelnden Personen zur Herstellung mimetischer Identifikationsmomente mit gleichzeitiger Eröffnung von Handlungssträngen bei entgegenstehenden Widrigkeiten, also klassischer Hamartie mit schlussendlicher Auflösung in kathartisches Wohlgefallen.«

Ich schüttle den Kopf. »Lernt ihr heute eigentlich nichts Vernünftiges mehr in der Schule?«, frag ich. »Wie man Klebstoff auf dem Lehrerpult verteilt oder so was?«

»Opa – es gibt doch schon lange keine Lehrer mehr!«

»Hm. Na gut. Also eine spannende Geschichte. Soll ich dir vielleicht noch einmal erzählen, wie ich den Minimal-Techno-Club-Tanz erfunden habe, weil ich versuchen wollte, möglichst unauffällig eine Zigarette auszutreten?«

»Mir ist langweilig!«, ruft mein Enkel.

»Hör mal, Leonce«, sag ich, »Langeweile ist gar nicht so schlecht. Sie macht einen kreativ.«

»Ich will aber nicht kreativ sein!«

»Was willst du denn?«

»Spielen.«

»Wir können eine Runde Konsens spielen«, schlag ich vor.

»Ist das dieses Spiel, das du seit zehn Jahren immer alleine spielst?«

»Ja«, sag ich resigniert, »die anderen sind alle schon tot. Aber die Runde läuft noch, du könntest mit einsteigen.«

»Langweilig!«

»Ist ja gut. Also – eine Geschichte. Aber Vorsicht: Es ist eine sehr traurige Geschichte.«

»Wie heißt die Geschichte denn?«, fragt mein Enkel, langsam etwas neugieriger.

»Äh … die grüne Wiese.«

»Dir war in letzter Zeit nicht oft langweilig, oder?«

Ich ignoriere das. »Also, als ich damals mitten in Berlin wohnte …«

»Du flunkerst doch jetzt schon!«, ruft mein Enkel.

»Nein«, sag ich und schüttle den Kopf, »weißt du, es gab eine Zeit, da konnten auch ganz normale, sogar arme Menschen in Berlin leben. Da war es noch nicht so, dass man eine Wohnung jeden Monat neu kaufen musste. Ich habe früher in einer Wohngemeinschaft gelebt. Und vor meinem Fenster, da war eine schöne große Wiese. Das glaubst du jetzt auch wieder nicht, was? Aber damals gab es so was noch – eine große grüne Wiese, direkt vor der Haustür. Natürlich war auch damals schon ein Zaun rundherum, aber das hat niemanden gestört. Die Leute aus der Nachbarschaft haben einfach ein Loch in den Zaun gemacht und sich auf die Wiese gelegt. Im Sommer war die Wiese immer sehr bunt, weil viele Blumen darauf blühten – schau nicht so kritisch, das stimmt alles. Also, ich habe mich damals sehr wohl gefühlt und ahnte deshalb nicht, was für ein schlimmes Ende es mit der Wiese haben sollte. Dann aber, eines Tages, beim Einwachen – weißt du, ich mache ja immer alles anders, deshalb ist es bei mir so, dass ich einwache und aufschlafe – eines Tages also, beim Einwachen, hörte ich ein seltsames Geräusch. Ich öffnete die Vorhänge und sah: einen riesigen Drachen auf der Wiese.«

»Einen Drachen? Opa, für wie blöd hältst du mich eigentlich?«

»Ich halte dich für sehr klug. Deswegen erzähle ich dir so was ja. Damit du auch mal eine sinnvolle Sicht auf die Welt zu hören bekommst. Also. Ein riesiger Drache stand nun auf dieser Wiese und hat angefangen sie zu gentrifizieren.«

»Opa …«

»Was denn? So hießt das doch, wenn sich böse Kreaturen ein Nest bauen?!«

»Was ist denn böse?«, fragt mein Enkel.

»Oha«, sag ich, »ihr lernt wirklich nichts Vernünftiges mehr in der Schule, was? Du weißt wirklich nicht, was böse ist?«

Mein Enkel schüttelt den Kopf.

»Böse«, sag ich, »ist das Gegenteil von gut.«

Mein Enkel schaut irritiert. »Ich dachte, das Gegenteil von gut ist besser!«

Ich bin schockiert. »Du meinst, es gibt nur gute Menschen und bessere Menschen?«

Mein Enkel nickt.

»Hat dir das deine Mutter beigebracht?«, frage ich skeptisch.

Mein Enkel schüttelt energisch den Kopf. »Das weiß man doch!«, ruft er.

»Hütet euch, ihr Kinderlein,
davor ein guter Mensch zu sein.

Denn besser sein, das ist der Weg,
noch besser, wenn es irgend geht!«

»Weißt du, von wem das ist?«, frag ich. »Ich würde ihm gern einen Besuch abstatten und den Begriff des Bösen wiedergeben.«

»Das ist von Siggi Supreme!«, ruft der kleine.

»Hat der nicht auch ›Verwende deine Jugend‹ geschrieben?«

»Wie geht denn die Geschichte weiter?«, fragt mein Enkel ungeduldig.

»Welche Geschichte?«

»Opa. Wirst du grade dement?«

»Weiß nicht«, sag ich.

»Also, da war ein riesiger Drache auf der Wiese ... und was ist dann passiert?«

Ich seufze. »Er hat alles gefressen.«

»Das war's?«, fragt mein Enkel.

»Ja«, sag ich, »traurig, oder?«

»Ich finde, am Ende könntest du noch ein bisschen arbeiten«, sagt der Kleine und kuschelt sich an mich.

Ich zucke mit den Schultern. »Weißt du, ich hatte schon immer wenig Lust, Sachen zu beenden. Aber deshalb bin ich auch so alt. Ich hüte mich nämlich davor, etwas zu sagen, das wie letzte Worte klingt.«

»Cool. – Heißt das, du bist unsterblich?«

»Ich denke schon. Wenn's um den Tod geht, sage ich mir immer: Morgen ist auch noch ein Tag. Oh –«

Dank

Ich danke meinen Freundinnen und Freunden so ganz im Allgemeinen.

Zudem geht ein besonderer Dank für die Entstehung dieses Buches an:

Helena, Jens und Merle für ihre kontinuierliche Beratungsflatrate.

Meine Lesedünen-Homies Julius, Marc-Uwe und Sebastian für freundschaftliche Fundamentalkritik und all die Jahre gemeinsamer Arbeit (und Nichtarbeit).

Friede, Heiko, Martin und Ponk für kurzfristige Anmerkungen und produktive Diskussionen.

Roman für die schöne Umschlaggestaltung.

Vredeber für die Umsetzung meiner obskuren Vorstellungen auf der CD.

Fred für die Umsetzung etlicher Sonderwünsche im Layout.

Sebastian und Leif von Voland & Quist zum einen für die Möglichkeit, dieses Buch zu machen, zum anderen für ihre Geduld.